KB270298

아무도 모르는 시작

「수필 둥지」는 「한국수필」로 등단한 한국수필가협회 회원들이 만든 모임입니다.

아무도 모르는 시작

수필 둥지 제12집

선우미디어

수필 둥지 제 12집에 부쳐

가는 해의 아쉬움과 새해에 대한 기대가 교차되는 12월이다. 이맘때가 되면 사람들은 분주하고 활기가 넘친다.

그동안 만나기를 미뤄왔던 소중한 사람들끼리 모여 이야기보따리를 풀어내기에 바쁘다. 한 해의 무게를 털어버리고 다시 삶의 활력을 되찾기 위한 준비다. 수필 둥지도 한 살을 더 보탰다.

한 해를 돌아보면 참 긴 시간이었다. 오랫동안 믿고 의지했던 님들과의 이별도 있었다. 그래도 우리는 고통의 터널을 지나면서 나름대로 조금씩 성숙해졌다. 우리의 마음에 힘을 불어넣는 사람은 수필 둥지를 사랑해주는 독자들이다.

우리는 바쁜 일상에서도 묻어두기에 아까운 진실들을 알알이 꿰어두었다. 저마다 추구하는 삶의 가치는 다양하다. 여기 마흔 가지의 사연을 엮어 수필 둥지 제12집을 세상에 내놓는다. 겸허한 마음으로 독자들의 호응을 기다린다.

값진 글 보내준 회원들의 건필을 기원한다. 변함없이 수필 둥지를 후원해주신 권주원 후원회장님께도 건강과 행운이 함께 하길 바란다.

수필둥지 회장 송 유 순

수필 둥지 제12집

아무도 모르는 시작 | 차례 |

정계숙

miture20@hanmail.net

모든 것은 환경에 의해
저절로 생겨났다가 사라진다고 하지만,
주어진 환경에서 온 힘을 다하는 것은
살아있는 것들의 책임이다.
하고 싶은 것만 하고 살아가는 것이 아니라,
하고 싶은 것을 하려면
노력해야 할 것들이 많다.

햇빛을 반기며 부른 콧노래

태풍 에위니아가 올라오고 있다는 뉴스에 걱정이 되었다. 평소 가까이 지내는 가족과 지난해부터 계획했던 소백산 산행을 추진하느냐 마느냐를 놓고 의견이 분분했다. 시간 내기가 어렵다는 아이들에게 엄포를 놓으며 산행 날짜를 정한 것이니 미루면 그런 기회가 올 것 같지 않았다. 바쁘다는 이유로 아이들과 사이가 멀어진 것 같아 작정하고 마음을 낸 것이니 밀고 나가기로 했다.

간간이 비가 오긴 했지만 산에 올라가는 것은 무리가 없었다. 그런데 비로봉 정상이 가까워지자 몸을 가누기 어려울 정도로 바람이 세게 불었다. 바람 기운이 예사롭지 않았다. 태풍의 영향 때문이다. 서둘러 국망봉을 향해 가는데 급기야 폭우가 쏟아졌다. 이미 온몸은 젖었지만 그것에 연연할 때가 아니었다. 국망봉 정상에서 주먹밥으로 대충 요기를 하고 하산을 하기 시작했다.

적당히 비에 젖은 숲의 풍경은 흔적도 없이 사라졌다. 빗방울은 나무 잎사귀와 풀잎 끝자락에 맺힐 사이도 없이 흩뿌려졌다. 다소곳하게 부엽토를 뚫고 올라왔던 버섯들은 모양이 일그러지고 동강이 나 사방에 뒹굴었다. 생명력이 넘치는 진초록색의 이끼도 물에 잠겨 일렁거렸다. 머리 위로 후드득 떨어지던 물방울은 쏟아져 내려오는 물살에 묻혀버렸다. 나무들도 뒤흔들리고 꺾였다.

산은 공포의 대상으로 다가왔다. 빗소리가 호된 야단을 치며 우리 등을 떠밀었다. 겁이 났다. 마음은 급한데 발은 천근만근이다. 그대로 휩쓸려 내려갈 것 같았다. 아이들 앞에서는 괜찮은 척했지만 마음은 물보다 더 빨리 마을로 내려가고 있었다.

산에 깊이 뿌리를 내리지 못하고 있던 것들은 뽑혀서 나뒹굴었다. 제자리를 잡지 못하고 있던 엉성한 바위는 물살에 굴러 떠내려갔다. 천둥과 벼락으로 산이 진동했다. 뒤에서 우당탕 물이 쏟아져 내려오는가 싶더니 이내 옆 계곡으로 시뻘건 흙탕물이 폭포처럼 쏟아져 내려갔다. 인간의 힘으로는 도저히 막을 수 없는 급물살의 위력을 보며 앞이 캄캄했다.

빗속을 얼마큼이나 걸었을까. 우리가 건너야 할 마지막 계곡에 도착했다. 할 말을 잃었다. 계곡물은 불어서 구조대가 온다 해도 손을 쓸 수 없을 정도였다. 장비를 살펴봐도 해결할 길은 없었다. 산에서 밤을 보낼 수 있는 텐트도 없고 먹을 것도 부족했다. 몸이 젖어 한기를 느끼면서도 입을 떼지 않았다. 아이들은 아이들대로 두려워하는 눈치였다. 어른들도 대책을 생각해 보지만 좋은 수가 없자 쏟아져 내려가는 물만 바라보고 있었다.

후회가 되었다. 태풍이 올라오고 있다는 사실을 알면서도 산행을 시도한 게 무모한 짓이었다. 그러나 어떻게든 산을 빠져나가야 했다. 아이들의 나약함을 탓하며 강인함을 키워줘야 한다고 고집 부린 산행이 아니던가. 사회에 나오면 그런 정신력으로 버틸 수 있겠느냐고 책망을 하며 큰소리치던 우리가 아니던가. 주저앉기에는 아이들 앞에 체면도 서지 않을 뿐더러 그 난관을 극복해 나가는 지혜를 보여줘야 했다.

나침반과 지도를 참고하여 온 길을 되짚어 올라갔다. 능선을 타고 다른 방향으로 내려가기로 했다. 무릎이 아프다고 보호대를 한 사람, 길을 성급하게 찾다가 넘어져서 손바닥에 피가 나는 사람, 한기에 몸을 덜덜 떠는 사람…… 슬픔도 지나치면 웃음이 나오고 기쁨도 넘치면 울음이 나오듯이 서로 바라보다 어이가 없자 웃음만 나왔다.

길을 찾아 한참을 앞서가던 사람의 목소리가 저만치서 들려왔다.

"길을 찾았어. 집이 보여. 힘을 내자고 힘내."

그는 우리에게 길을 찾았다고 소리를 치며 거꾸로 뛰어왔다. 희망을 품는다는 것은 즐거움이고 기쁨이었다. 살길을 찾았다는 목소리는 들떠서 산을 울렸다. 그 순간은 아무것도 보이지 않았고 아무런 소리도 들리지 않았다. 오직 길을 찾았다는 소리만 크게 들려왔다. 어디서 힘이 솟았는지 집이 보이는 곳까지 한걸음에 내달렸다.

절벽 위에 지붕이 보였다. 칡덩굴과 나무를 거머쥐고 간신히 올라갔다. 그곳에 혼자 살고 있다는 노인은 놀라며 우리를 허름한 뜰로 데리고 갔다. 살아온 게 천만다행이라며 혀를 끌끌 찼다. 퍼 주는 냉수 한 사발을 벌컥벌컥 마셨다.

그제야 정신이 들었다. 하늘은 언제 천둥번개와 폭우를 퍼부었느냐는 듯 해가 반짝 났다. 우리는 안도의 숨을 쉬며 각자 마음 졸였던 순간을 쏟아놓기 시작했다. 얼마나 크게 웃었는지 우리 웃음소리에 우리가 놀랄 지경이었다.

산을 만만하게 보고 따라갔딘 아이들은 두 번 다시 등산을 하지 않겠다고 했다. 그렇지만, 아이들도 얼마간 시간이 흐르면 폭풍우 속을 뚫고 살아온 그날을 즐겁게 이야기할 수 있으리라. 오히려 어려운 일이 생길 때마다 이번 산행을 떠올리며 지혜를 찾아낼 것이라고 믿는다. 우리가 태풍이 북상하고 있다는 뉴스를 듣고도 아이들과 함께 산행을 감행한 것은 바로 이런 마음을 나누고 싶어서였다.

살아 돌아와서 다행이라는 말을 수없이 하며 소백산을 올려다보는 그들의 눈에서 빛이 났다. 우리는 힘들었던 산행을 벌써 잊은 듯 다시 한번 멋진 산행을 약속하며 콧노래를 불렀다.

········ 아무도 모르는 시작

두 환자

거실에서 자라던 산세베리아 서너 줄기의 허리가 푹 꺾였다. 얼마 전부터 시들시들한 게 불안했는데 결국 일이 나고 말았다. 공기정화식물로 좋다는 말에 끌려 내 키만큼 큰 것으로 샀더니 꺾인 모양이 더 두드러졌다. 흡사 뱀 무늬를 닮은 게 축 쳐지니 볼 때마다 기분이 좋지 않았다. 살아있을 때 녹색의 싱싱함과 칼처럼 뾰족한 날카로움도 없다.

뽑아보니 뿌리가 썩어있었다. 화근은 물과 햇빛 때문일 것으로 짐작되었다. 화원주인이 산세베리아는 반 년 정도 물을 주지 않아도 생육할 수 있는 식물이며 햇빛을 좋아한다고 했다. 햇빛이 충분하지 못한 동향집이 불안했지만 어지간하면 살겠지 싶었다. 일은 늘 이런 것에서 시작이다. 어지간하면, 설마, 사는 것도 제명이지…… 이런 말에 합리화를 시키면 안 되는 줄 알면서도 산세베리아를 사버렸다.

언제부터인가 탄탄한 잎이 마르기에 아무래도 물이 부족한 것 같았다. 한 달에 한 번 물을 주어도 된다는 말을 믿지 않고 자주 물을 주었다. 빛을 좋아한다는데 빛이 부족한 거실에서는 어림없다. 할 수 없이 아침이면 햇빛이 노루꼬리만큼 들어오는 앞 베란다로 화분을 옮겼다. 그런데도 며칠 사이에 화분 가득했던 산세베리아 절반이 쓰러져 버렸다. 살리기는 어려워도 죽는 것은 순식간이다.

부랴부랴 인터넷으로 산세베리아 살리는 방법을 찾아보았다. 먼저 썩은 뿌리를 잘랐다. 빛이 모자라 위로만 커 올라간 잎도 잘라서 흙에 꽂아두었다. 이렇게 한 달 정도 두면 뿌리가 내리고 새싹이 나온단다. 그때 옮겨심기를 하면 된다는 것이다. 죽은 것처럼 보이는 것도 자랄 수 있는 환경만 되면 스스로 살아난다는 말에 희망을 품어 보기로 했다. 여름이면 반나절은 해가 들어오는 서쪽 베란다로 다시 화분을 옮겼다. 물주는 것은 아예 잊기로 했다. 지나친 관심은 오히려 해가 될 때가 있는 법.

이 무렵 내 몸도 탈이 났다. 허리에 슬금슬금 통증이 오고 왼쪽 다리가 당겼다. 서 있기가 곤란해졌다. MRI 촬영 결과 디스크 파열로 진단이 나왔다. 양의사는 당장 수술을 해야 하니 날짜를 잡자고 했다. 한의사는 우리 몸의 자생력을 믿고 치료를 하면 틀림없이 완쾌될 수 있다고 안심을 시켰다. 갈등이 생겼다. 디스크 환자들의 치료경험을 종합해 봐도 반반이었다. 수술을 하고 완쾌된 사람이 있는가 하면 후유증으로 더 고생하는 사람이 있고, 한방으로 치료하다가 심해져서 결국 수술을 한 경우도 있었다. 가족들도 수술해야 한다는 의견과 내 결정에 맡기겠다는 뜻으로 분분했다. 누구의 말에 마음을 기울이기보다는 내 판단이 중요했다.

걱정이 될 때마다 산세베리아 곁을 맴돌았다. 그즈음 산세베리아는 뿌리가 더 썩지 않았는지 쓰러지지 않았다. 살아나고 있다는 증거라고 믿었다. 살아갈 수 있는 환경 즉, 물이 적으며 햇빛이 충분하고 바람이 잘 통하면 얼마든지 뿌리를 내려서 재생할 수 있다.

생각해보면 그동안 내 몸을 혹사했다. 뒤늦게 공부한답시고 잠을 자지 않고 밤을 새운 적이 많았다. 저린 다리를 주물러가며 좌선을 하고 앉아 명상에 몰입하기도 했다. 공부와 명상을 하기 위해서라도 운동을 해야 한다는 주위의 염려에는 아랑곳없이 고집을 부렸다.

탈이 나고서야 여러 가지 일들이 후회되었다. 건강한 마음으로 살려면 건강한 몸을 유지해야 한다는 것을 알면서도 설마 했다. 운동할 시간이 있으면 책을 더 읽고, 하고 싶은 공부를 더 하겠다고 큰소리쳤다. 땀 흘리며 운동하는 것보다는 조용히 앉아서 명상하는 게 마음 편했다. 몸과 마음을 함께 관리했어야 하는데 마음만 중요하게 여겼지 몸을 돌보지 않았던 결과가 이렇게 나타났다.

수술보다는 산세베리아처럼 몸의 자생력을 믿기로 했다. 디스

크를 감싼 인대와 근육이 약해서 탈이 난 것이니 그것을 회복시
키면 된다는 한방의 결과에 따르기로 한 것이다. 지금과 같은 방
법으로 생활한 탓에 병이 났으면 습관을 바꿔야 한다는 생각에서
였다. 디스크 치료를 위해 병원에 다닌 지 7개월이 되었다. 내 몸
을 돌보느라 산세베리아는 까맣게 잊었다. 물은 언제 주었는지
기억도 나지 않는다.

　며칠 전 산세베리아 화분을 살펴보았다. 뿌리가 썩은 것을 잘
라 꽂아 둔 것들이 싱싱하게 자라고 있었다. 새로운 싹도 여러 개
돋아나와 있는 게 아닌가. 무엇보다도 반가웠다. 내 몸이 회복되
는 것만큼 기특하고 대견했다. 내가 허리와 씨름하고 있는 동안
산세베리아도 제 스스로 살아나고자 얼마나 애썼을까.

　그 중의 하나가 체력관리였다. 알고 있으면서 실천하지 못했던
것이 내내 후회되었다. 그래도 위안을 삼자면 더 탈이 나기 전에
이 정도에서 몸이 회복되고 있으니 고마울 따름이다.

　산세베리아가 하늘을 눈부시게 물들이며 지고 있는 햇빛을 흠
뻑 받고 있다. 산세베리아에게는 햇빛이 얼마나 큰 보약일까. 창
문을 여니 시원한 바람도 성큼 들어온다. 산세베리아와 나는 부
실했던 허리를 곧게 세웠다.

　함께 서서 바람을 맞으며 노을을 바라보는 저녁이 모처럼 행복
하다.

나비가 동행하는 길

　괴산에 있는 화양계곡은 1곡부터 9곡까지 4km가 숲으로 이어
져 있다.
　주말이면 그곳에 내려가 디스크 때문에 굳은 몸을 풀 겸 걷고
있다. 신고 걷다가 이제는 벗어서 양손에 나눠 들고 걷는다. 처음
엔 맨발로 걷는 게 습관이 되지 않아 발바닥이 벌겋게 부어올랐
다. 뾰족한 것에 찔려 아프기도 했지만 나름대로 즐거운 것들을
하나하나 찾아냈다.
　모래 위를 걸을 때 발을 지그시 누르면 모래알의 동글동글한
감촉을 느낄 수 있다. 좀 더 힘을 주면 모래 속에 발이 빠지면서
발바닥이 간질간질해진다. 사람이 간질이면 맛볼 수 없는 가벼운
간지러움에 푸푸 웃음이 새어 나온다. 이런 놀이에 빠지다 보면
나이 든 것을 잊고 만다.

흙을 밟을 때는 어머니가 발을 만져줄 때처럼 따뜻하다. 햇빛에 달궈진 한낮의 뜨거움과는 다르다. 흙을 헤집으면 차가운 기운이 올라오지만 이내 따뜻함에 묻혀버린다. 엉덩이를 돌려가며 발을 흙 속으로 넣어보는 맨발의 유희, 이것은 어른이 되면서 잊어버린 놀이 중 하나다.

자잘한 돌멩이가 있는 길은 모래와 흙을 밟을 때와는 다르다. 밟히는 것에 따라 적당히 체중을 조절해야 한다. 뾰족한 것이 밟힐 때는 몸을 가볍게 하며 발걸음을 자주 놀려야 한다. 그렇게 해도 아픈 것을 참기 위한 속엣소리가 절로 나온다. 동화에 나오는 원숭이가 꽃신을 신고 다녀서 발바닥이 부드러워진 게 흠이 된 것처럼 사람도 신발을 신기 시작하면서 몸에 탈이 난 것은 아닐까.

중학교 때였다. 걷는 게 정말 싫었다. 아침에 눈을 뜨면 어떻게 시오리 길을 걸어서 학교에 가야 할까. 수업이 끝나면 어떻게 집으로 돌아가야 할까. 막막했다. 그런 날은 책가방이 돌덩이처럼 무거웠다. 학교 근처에 사는 친구들이 부러웠다.

2학년 말쯤 되자 버스가 다니기 시작했다. 하루 두 번 다니는 버스를 첫차와 막차라고 불렀다. 이른 아침 등굣길에 버스를 만나면 마음 좋은 기사는 공짜로 태워주었다. 공짜로 몇 번 버스를 타 본 친구들과 나는 버스 오기를 기다리게 되었다. 그러다가 태워주지 않으면 투덜거리며 할 수 없이 걸어가야 했다. 서서히 버스 타는 데 길들기 시작했다. 공짜로 태워주면 타던 버스를 돈을 내고도 타게 되었다. 걸어서 학교를 오고 가는 기회도 적어졌다.

아마 그때부터였다고 생각된다. 길가에 피어있는 키 작은 꽃을 보려고 몸을 낮추지 않았고 삘기를 뽑아먹지 않았다. 산딸기를 따 먹고 찔레 순을 꺾어 먹으려고 산길로 접어드는 일도 줄었다. 묶어 놓은 풀에 걸려 친구가 넘어지는 것을 보고 깔깔 웃는 일이 없어졌다. 징검다리를 건너다가 물에 빠지는 일도 없어졌고 시냇물에 발을 담그고 있으면 송사리가 물어뜯는 감촉도 잊었다. 미루나무 꼭대기에서 울던 말매미의 우렁찬 소리도 듣기 어려워졌고, 소쩍새와 뻐꾸기 소리가 들리지 않아도 심심하지 않았다. 살아오면서 가끔은 그 시절이 그리웠지만 탈것이 많아졌고 바쁘다는 이유로 걷는 것은 더욱 멀어졌다. 느린 걸음보다는 빠른 것을 쫓아 탈것에 의존하다 보니 몸에 탈이 나고야 말았다.

빠르게 걷고 싶어도 걸을 수 없게 되고 나서야 느리게 걷는 맛과 멋을 찾게 되었다. 이제야 다시 들리기 시작한 숲 속 새들의 지저귐, 여울져 흐르는 물소리에 귀가 밝아졌다. 걸을 때마다 발바닥에 느껴지는 감촉은 무디어진 신경을 살려줄 것만 같다. 마음이 상쾌하니 몸은 절로 가볍다.

길가에 피어있는 꽃 이름을 불러주며 걷는 길에 나비가 동행한다. 나비가 꽃에 앉아 쉬면 나도 바위에 앉아 쉰다. 발바닥에 박힌 자잘한 돌도 털어내고 얼얼한 발을 주물러 주니 다시 걸을 힘이 생긴다. 나비가 날갯짓을 한다. 나도 날아갈 듯한 기분으로 천천히 발을 옮긴다. 나비는 이 꽃 저 꽃으로 꿀맛을 보러 다니고 나는 숲의 맑은 공기를 들이마신다.

　개울로 들어가 찰방찰방 물장난을 치니 어릴 적 발바닥에서 느
꼈던 매끌매끌한 감촉이 그대로 살아난다. 옷이 젖는 줄도 모르
고 물길을 따라 걷다 보니 물이 나를 따라오는 것 같다. 맑은 물
속을 들여다보았다. 내가 하늘 위를 걷고 있었다.

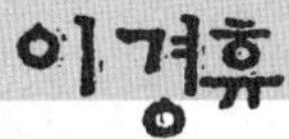

이경휴

mairim@hanmail.net

벤자민고무나무

화려한 휴가

한 봉사, 두 봉사

지리산— 빼어남보다는

장중함으로 사랑을 받는 우리 정신사의 산.

역사의 거대한 산맥으로 우뚝 솟아 오늘에 이르렀고,

그 넓고 깊은 품속에는

숱한 생명과 사연을 보듬으면서

산맥의 숲으로 익어간다.

나 또한 한 토막의 숲이 되고자…

벤자민고무나무

K와 다시 연락이 닿은 것은 추석 전날이었다.

이파리 무성한 벤자민고무나무 아래서 토란껍질을 까고 있는데 전화벨이 울렸다. 땀이 배어 있는 고무장갑 속에서 빠르게 손을 빼는 건 토란껍질을 까는 일보다 더 어려웠다. 허겁지겁 수화기를 들고 여보세요를 몇 번 반복했지만 전화기는 먹통인 듯했다. 장난 전화인가 싶어 슬며시 부아가 나는데 그제야 반응이 왔다. 깊은 우물 속에서 울려나오는 소리인 듯, 긴 울음 끝에 묻어나는 처연한 소리인 듯 울림이 큰 음색으로,

"언니, 저… 아름이 엄마예요. 죄송해요."

"누구? 아름이 엄마라고?"

윤기 반짝이는 벤자민고무나무 잎으로 눈이 가며 이십 여 년의 세월이 단숨에 달려왔다.

K는 우리 집 지하방에 세를 살던 새댁이었다. 싹싹하고 바지런한 그녀는 손재주 또한 남달랐고 남편 역시 건강한 몸 하나로 어떤 허드렛일도 가리지 않았다. 당시에는 '홈패션'이 유행하여 그녀의 손재주는 동네를 주름잡았고 덕분에 살림살이도 조금씩 나아지는 듯했다. 그녀는 수시로 우리 집을 들락거리며 식탁보·베갯잇·쿠션·벽걸이·실내화를 만들어 와서 자기 집처럼 꾸며주었다. 물론 내가 필요를 느끼기 전 앞질러 집안을 치장해주었고, 그녀의 앞선 안목에 우리 식구들은 감탄할 따름이었다. 우리는 자매 이상의 관계로 이어졌고 내가 그 집을 팔고 아파트로 이사올 때 그녀는 눈물을 글썽이기까지 했다.

집들이 날, K가 들고 온 벤자민고무나무 화분은 여러 선물 중에서도 단연 으뜸이었다. 나무 전체의 모습은 종鐘 같았고 짙은 녹색의 이파리는 한 장 한 장마다 반들거렸다. 어쩌다 바람이 살짝 스쳐만 가도 잎은 풍경소리를 내듯 찰랑거렸고, 화분을 감싼 포장술은 그녀 손재주의 극치였다. 푸르고 흰색의 망사천이 적당히 조화를 이루며 뿌리 전체를 감싸는 듯, 전체 모양을 아우르는 듯한 어울림은 종소리의 공명을 최대화하려는 느낌까지 들었다.

벤자민고무나무는 거실의 주인공이 되어가며 잘 자랐다. 더불어 우리의 우정도 변함없이 도타워갔다. 그러던 어느 날, K는 급히 돈 쓸 일이 생겼다면서 오백만 원만 융통해 달라고 했다. 석달 후에 꼭 갚는다는 조건을 달며 자신의 신용을 담보로 하겠다고 통사정을 했다. 나로서는 그만큼 큰돈은 없었지만 그간의 정리로 보아 거절할 수가 없었다. 순간 갈등이 생겼지만 알아봐주겠다는 약속을 했고, 내 일처럼 생각하여 여기저기 아쉬운 소리를 해서 그녀와의 신의를 지켰다.

약속 날짜인 석 달이 다가오자 그녀는 초췌한 낯빛으로 다음 달로 미루었다. 그 뒤엔 날짜를 또 미루고, 또 넘기고…. 나는 주변의 친지들에게 어렵게 양해를 구해가며 그녀의 약속을 철석 같이 믿고 기다렸다. 하지만 K는 어느 날 소리 소문 없이 사라져버렸고 나는 배신감에 치를 떨었다. 바람결에 의하면 그녀는 신흥 사이비 종교에 빠져 전 재산을 정리하고 들어갔다는 이야기가 동네의 화젯거리로 날아다녔다. 나는 정신적 타격에서 벗어나기도 어려웠지만 현실적으론 그녀의 부채가 고스란히 내 몫이 된 것이 참을 수 없는 고통이었다.

비탄의 나날 속에서도 벤자민고무나무는 잘도 자랐다. 밑동은 날로 실해갔고 적당하게 뻗어나는 잔가지는 전체를 범종 모습으로 만들어가고 있었다. 잎맥 또한 뚜렷하고 윤기 머금은 도톰한 이파리에 햇살 한 줌이 쏟아지면 거실은 작은 숲속이 되었다. 나는 그 숲속을 바라보며 한없이 K를 원망하며 우울해했다. 그 후 내 심전心田에는 벤자민고무나무는 배반의 나무로 뿌리를 내려가고 있었다.

세월 따라 K로부터 받았던 마음의 상처도 많이 아물어갔다. 비록 뇌리에서 그녀는 희미한 존재가 되어버렸지만 낯선 곳에서 벤자민고무나무를 볼 때면 어김없이 그녀가 살아났다.

몇 해 전, 중남미의 온두라스라는 나라를 여행한 적이 있다. 그 곳에는 벤자민고무나무가 가로수였고 거목이라 참으로 신기했다. 우리나라의 플라타너스처럼 길 양 편에 쭉 늘어서 있는 나무를 본 순간 긴가민가했지만 가까이 가보니 틀림없는 벤자민고무나무였다. 한 아름에 가까운 나무 둘레와 진초록의 두텁고 번들거리는 잎은 동백나무 이파리 같았다. 햇살 또한 그렇게 강하게 쏟아져도 나무는 묵묵히 그늘을 만들고 있었다.

나는 나무 그늘아래 서서 또 K를 생각했다. 어느 하늘 아래 살고 있는지 어떻게 살아가는지, 큰애인 아름이도 고등학생이 되었겠지, 그녀의 마음은 어떠할까… 돈 잃고 친구 잃었다는 자괴감으로 나무를 바라보며 그녀의 행방이 진정 궁금했다. 여행 내내 K는 나를 따라 다니며 즐거웠던 순간들을 새록새록 떠올렸다. 뿐만 아니라 집까지 그녀는 따라와 예전의 관계를 서서히 회복해 가며 그리움을 증폭시켜 갔다.

뜻밖에 걸려온 그녀의 전화는 그간의 궁금증을 단박에 녹여주었다. 나는 하던 일도 잊고 울먹이는 그녀의 음성을 들으며 고개를 끄덕이기도 하고 때론 다독여주기도 했다. 추석이 지나고 그녀의 일터로 찾아가기로 약속하고 긴 통화를 끊었다.

초가을의 햇살은 만물에 단맛을 깃들게 하고 있었다. 삽상한 바람을 등에 지고 동대문종합상가 뒤로 들어서니 그야말로 시장통이었다. 여기저기 끌차가 길을 막고 서있고 짐을 가득 실은 오토바이, 툭툭 부딪치며 지나가는 사람들, 후각과 미각을 자극하

········ 아무도 모르는 시작

는 생선구이 냄새…. 좁은 골목을 지나 허름한 4층 건물로 들어섰다. 가파른 시멘트 계단이 숨을 턱 멎게 했다. 벽면의 칠 색깔은 흔적도 없고 천장은 금방이라도 무너질 것 같았다. 어디선가 금방이라도 쥐가 튀어나올 것 같아 머리끝이 쭈뼛쭈뼛했다. 지리고 고약한 냄새까지 났다.

K는 4층 끝 방에 있었다. 재봉틀 5대를 놓고 환한 불빛 아래 여자들이 부지런히 옷감을 마름질하고 있었다. 세월의 강은 어김없이 그녀의 얼굴에도 물살을 지으며 지나간 듯했다. 우리는 찻집으로 자리를 옮겨 서로 손을 맞잡고 울고 웃으며 강물을 거슬러갔다. 그녀는 어렵게 말문을 열었다.

"언니, 나 그 돈 잊지 않고 있어요. 형편 되는대로 조금씩 갚을게요. 그동안 내 마음이 얼마나 안 편했는지 언니는 모를 거예요…."

눈물 글썽이는 그녀 얼굴 위로 거실의 벤자민고무나무가 오버랩 되었다. 나의 숱한 원망과 분노와 질타를 받으면서도 나무는 푸르름을 잊지 않고 자리를 지켜주었듯이 K 또한 언제나 그 자리에 있었던 것이다.

집으로 돌아가려고 종로5가 쪽으로 나오니 꽃나무들의 난전이 벌어지고 있었다. 도시의 한 모퉁이에서 온갖 소음과 공해 속에 시달리면서도 초연히 산소를 뿜어내는 나무들을 보니 숙연했다. 그 중에서도 유독 벤자민고무나무가 반가운 건 배반이 아닌 재회의 나무로, 화해의 나무로 가지를 뻗어가기 때문이리라.

화려한 휴가

'고속도로변은 거대한 주차장이다'라는 말은 화석화된 표현이었다.

휴가철의 절정이라는 8월 첫날, 고속버스 안에서 내려다 본 주변 풍경은 주차장의 기능을 넘어 세상을 바라보는 거울과 같았다. 물질적인 풍요가 가족 중심의 휴가문화로 자리매김을 하며 도로가 휴가지의 간이역 같았다.

즐비하게 늘어선 승용차와 승합차, 외국 영화에서나 본 듯한 캠핑차도 드문드문 있었고, 작은 트럭에 밥상까지 싣고 떠나는 소박한 행렬도 눈에 띄었다. 들뜬 표정의 사람들이 있는가 하면 피로에 지쳐 졸고 있는 사람도 있었다. 하지만 뭐라 뭐라 해도 최고의 기쁨을 누리며 떠나는 건 애완견들이었다. 참으로 역동적이고 화려한 휴가길이었다.

　　혼자 떠나는 여행은 그것도 승용차를 이용하지 않고 대중교통을 이용하여 떠나는 여행은 사색의 여정이 된다. 버스라는 큰 차가 주는 공간감은 시야를 더 멀리 내려다 볼 수 있기에 평소 무심했던 일상의 단편들이 되새김질하며 자신을 성찰케 한다.

　　이럴 때마다 생각나는 책은 대학 때 읽은 리차드 바크의 '갈매기의 꿈'의 한 구절이다. '더 높이 나는 갈매기가 더 멀리 볼 수 있다'는 그 글귀에 매료되어 내 젊은 날은 얼마나 높이 날려고만 애를 썼던가. 이젠 그 형형했던 문장마저 달리 윤색되어 나를 평화롭게 한다. '더 높이 나는 갈매기는 더 자세히 볼 수 없다'라고 높이보다는 내가 여태껏 보아왔던 것들을 더 자세히 들여다보며 내 품으로 껴안는 시간이 지금이리라.

　　버스는 예정 시간보다 한 시간 30분이 지나 진주에 도착했다. 차창 밖에는 친정아버지를 빼닮은 초로의 오빠가 나를 향해 손을 흔들고 있었다. 늘 가슴 밑바닥에서 잔잔히 흐르던 그리움 한 자락이 출렁 요동을 쳤다. 아, 아버지는 오빠에게 당신의 잔영을 남겨놓고 도대체 어디로 가신 걸까.

　　후년에 정년퇴직을 앞둔 오빠는 '크게 두드리지 않으면 대답이 없는非大扣無聲 산'이라는 지리산 자락에 도시의 삶을 내려놓는 중이다. 도시 태생으로 도시가 주는 모든 문화적 혜택을 누리며 살아온 사람이 소리 소문 없이 지리산을 두드리라곤 전혀 생각지 않았던 일이었다.

　　유행처럼 번지는 펜션형 주택을 마다하고 황토벽돌로 농가를 개축하고, 온돌을 놓고 지하수를 끌어들여 얼음장 같은 물을 들이키며 분주히 움직이고 있었다. 책상머리에서 이론으로 무장한 채 살아온 오빠의 모습은 온데간데 없고, 뿌리내려 살고 있는 농사꾼을 능가하는 농심으로 자연과 소통하고 있다.

마을 사람들은 고구마는 멧돼지들의 먹이가 된다며 심지마라고 해도 '어디 다 먹겠어. 조금이라도 남겨놓겠지' 하며 심었다 한 톨도 못 건졌다며 껄껄 웃었고, 톱밥과 왕겨를 섞어 만든 비료로 땅의 힘을 돋우는가 하면, 벌까지 치면서 산골생활의 재미에 빠져있었다. 뿐만 아니라 지천으로 푸성귀가 늘려있어도 한 끼 먹을거리 외에는 탐하지 않았고, 칠흑 같은 어둠이 찾아오면 풍욕風浴으로 내공을 다지며 세속적인 삶과 거리를 두고 있었다.

심심산골에 찾아온 밤은 길고도 아늑했다. 얼마 만인가, 오빠와 나란히 누워본 적이. 어린 시절 사남매가 이불 한 채에 서로 몸을 부대끼며 끌어당기던 기억이 새로웠다. 참으로 오빠는 아버지처럼 곰살궂었다. 방학숙제로 나오는 식물채집과 곤충채집은 고스란히 오빠 몫이었다. 여름 내내 뜰채를 들고 시냇가로 따라다니며 잠자리·매미·나비·물방개를 잡아 정성을 다해 곤충채집을 해주었던 일. 그 '정성의 결정판'을 개학날 아침 일어나 보니 개미들이 난장판을 만들어버렸으니… 훌쩍이는 내 앞에서 오빠는 눈만 껌벅껌벅하며 난감해 했던 표정은 지금도 잊을 수 없다.

밤은 깊어가고 이야기는 천일야화처럼 이어졌다. 우리는 세대를 초월하여 자식에서 부모의 자리로, 조부모의 자리로 종횡무진 질주하며 웃기도 하고, 상담자와 내담자의 관계가 되어 머리를 맞대기도 하고, 같은 길을 가는 도반이 되어 길동무가 되어주기도 했다.

다음날 눈을 뜨니 해는 중천에 떠있었다. 소란스런 매미소리와 한 통속이 된 시골의 햇살은 기세등등하게 만물을 장악하고 있었다. 해거름에 오빠는 피아골에 사는 지인에게 가서 차나 한잔 하자며 자동차 시동을 걸었다. 바람처럼 오가는 사이로 단박에 느껴졌다. 내심 부재를 염려하고 갔지만 댓돌 위엔 놓인 신발을 보자 반가움이 앞섰다.

독일에서 서양철학을 공부하고 온 양반이라는데 모습은 선방에서 방금 나온 선승禪僧 같았다. 맑고 투명한 혈색과 깊고도 날카로운 눈매, 방안 가득 펼쳐진 다구茶具와 곳곳에 숨어있는 듯한 다향. 선정禪定의 세계를 바로 편승한 느낌이 들어 절로 긴장되었다. 하지만 이내 감정은 이완되고 마음은 편안했다. 방 한편에 놓인 3대의 트럼펫과 악보들이 언제라도 아름다운 선율을 연주할 분위기였기에.

그들이 나누는 대화는 내가 늘 허기졌던 분야에 대한 성찬이었다. 철학·종교·역사·예술을 바탕으로 한 일상의 숱한 이야기는 결국 하나로 통하는 길이었고, 순간순간 번뜩이는 유머와 조크는 여유로움의 극치였다.

"악기라는 게 쇠붙이로 만들어진 놈이라 감정도 없는 줄 알았는데 내 호흡의 강도를 정확하게 알아채려 소리를 내니⋯ 온 정신을 윗입술과 아랫입술 중앙으로 향해야지 조금이라도 생각이 분산되면 소리는 금속 그 자체일 뿐이지요. 몰입이란 쇠붙이에게도 생명을 불어넣는 것 같아요.”

악기가 무생물일지라도 생명체로 당당히 대하며 소통하는 그의 힘이 놀라웠다. 몰입을 통해 정신세계를 확장해나가는 그에게 전공인 철학은 충분한 자양분이 될성싶어 부러웠다.

지리산─ 빼어남보다는 장중함으로 사랑을 받는 우리 정신사의 산. 역사의 거대한 산맥으로 우뚝 솟아 오늘에 이르렀고, 그 넓고 깊은 품속에는 숱한 생명과 사연을 보듬으면서 산맥의 숲으로 익어간다. 나 또한 한 토막의 숲이 되고자 이 골짜기까지 찾아와 휴가를 즐기고 있는 것일까. 고속도로변의 화려했던 휴가행렬이 어지럽게 머릿속을 지나갔다.

소나기를 숨긴 바람 한 줌이 시원스레 불어온다. 이미 산허리에는 먹구름이 느릿느릿 마을로 내려오고 있다. 이보다 더 화려한 휴가가 어디 있으랴.

한 봉사, 두 봉사

요즘은 목욕탕이라는 말보다 사우나가 일반어가 되어버렸다. 한 집 건너 사우나·찜질방·스파라는 이름이 목욕탕이라는 말을 삼켜버린 지 오래다. 우리 아파트 근방에는 이십 년 가까이 된 목욕탕이 하나 있고 사우나, 스파라는 간판을 단 목욕탕이 셋이나 있다. 그곳은 시설에 비하여 가격도 저렴하고 종업원들도 친절하다. 실내로 들어서면 각종 음료수와 간식거리는 기본이고 속옷 겉옷 신발 장신구까지 구비해놓고 있다. 뿐만 아니라 한쪽에는 간단한 운동기구까지 설치되어 있으니 목욕과 동시에 여가의 의미를 함께 누릴 수 있다. 많은 사람들이 목욕탕을 마다하고 그곳을 이용한다.

하지만 나는 변함없이 목욕탕을 찾는다. 신발장엔 열쇠도 없고 샤워기가 몇 개 망가져 있고 옷장문도 아귀가 잘 맞지 않지만 거기가 편하다. 온기 없는 종업원의 서비스보다는 수더분한 주인 아줌마의 미소가 따뜻하고, 등을 밀자고 먼저 말을 건네는 사람들도 더러 있어 훈훈하다. 모든 게 내 손과 눈에 익숙하여 불편함이 없기 때문이다.

눈이 많이 나쁜 나는 안경 벗는 것을 두려워한다. 잠자리에 들기 전 안경을 벗고 자리에서 일어나자마자 안경부터 찾는다. 안경이야말로 내 눈이 일용할 양식이다. 70년 대 유행하던 가요 중에 '그대 없이는 못 살아, 나 혼자서는 못 살아…' 라는 가사에 그대 대신 안경이라는 말로 노래가사를 바꿔 부르기까지 했을 정도이다.

이젠 콘택트렌즈가 일반화 되었고 최근에는 일회용 렌즈까지 등장했다. 그래도 나는 반세기 가까운 시절을 안경으로 버틴다. 안경으로 인한 번거로움이 일상생활에 전혀 문제가 되지 않지만 내 발목을 잡는 곳이 딱 한 군데 있다. 바로 목욕탕이다.

삼십 여 년 전, 나는 작은 도시의 한 학교에 근무했다. 그곳은 갑자기 부상하는 공업도시라 도시의 여러 시설과 기능이 인구에 비해 턱없이 미비했다. 그 중 가장 불편한 점이 목욕탕이었다. 동네에는 목욕탕이 없었고 목욕을 하려면 차를 타고 중심가까지 나가야 했다.

하루는 한 여선생이 중심가에 호텔 목욕탕이 있다는 낭보를 전했다. 지금의 호텔 개념으로 생각하면 객실에 있는 욕실 정도의 규모와 시설이었다. 그래도 그 도시에 있었던 유일한 관광호텔이었기에 우리들은 일종의 특권의식까지 은밀히 누리며 들락거렸다. 목욕비는 기존의 요금보다 약간 비쌌던 것으로 기억하는 대중목욕탕이었다. 애초 가족탕을 염두에 두고 만들었던 공간 같았다. 실내가 협소하긴 해도 아는 사람들만 이용하니 조용하고 깨끗해서 주말이나 수업이 일찍 끝나는 날이면 즐겨 이용했다.

하루는 혼자서 목욕을 하고 있었다. 욕조에 들어가 몸을 담그고 있는데 어떤 사람이 들어왔다. 그녀는 대충 몸을 비누로 씻더니 욕조로 들어와 갑자기 물을 틀기 시작했다. 곁에 있는 나를 도대체 의식하지 않고 물살을 세게 저으며 물방울을 마구 튕겼다. 발을 뻗어 내 발등을 툭툭 건드리기까지 하면서도 태연했다. 미안해하는 기색은 도무지 없었다. 기분이 상했지만 참고 있는데 또 한 사람이 들어왔다. 그 사람은 들어오자마자 욕조에 있는 우리를 보더니, "어, 한韓선생 이李선생 아니요, 같이 왔소?" 반가운 기색을 했다. 그 순간 욕조에 있었던 우리는 서로를 알아보고 눈물이 찔끔찔끔 나도록 웃었다. 둘 다 눈이 나쁘니 작은 욕조에 같이 있으면서도 몰라보았던 것이다.

그 일이 있은 후, 우리는 한동안 학교 선생님들의 놀림감이 되었다. 익살스런 선생은 우리가 지나가면 지팡이를 갖다 주며 더듬거리는 시늉을 했고, 한편에서는 선글라스까지 갖다 주며 함께 즐겼다. 그들은 한동안 우리를 한 봉사 두 봉사라고 불렀다. 각자의 성姓을 따서.

이젠 봉사 장님 소경이라는 말보다는 시각장애인, 목욕보다는 사우나, 스파라는 말이 살아있는 언어로 자리매김하고 있으니, 어찌 그 시절이 아득하게만 느껴지지 않으랴. 불과 한 세대 전의 이야기인데….

이병숙

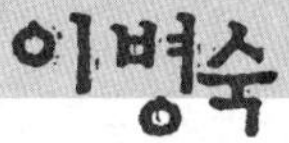

dulmaru@hanmail.net

물 도둑

계절이 측량하듯

부적

올 삼월 농사에 앞서 밭에 가보았다. 나는
상처 입은 자식 어루만져주듯 가만가만 밟아보았다.
물먹은 스펀지처럼 폭신폭신한 땅은
새로운 생명의 탄생을 위해
만반의 준비를 하고 있었다. 이제 곧
새 생명의 싹을 틔우고 무럭무럭 자라게 하고
열매를 맺고 수확을 내줄 것이다.

물 도둑

　봄만 되면 일기예보에 민감해진다. 농사를 짓기 시작하면서부터다. 텃밭에 불과한 농사지만 오히려 전문농부가 아니기에 기후에 더 신경 쓰일 수밖에 없다.

　주말에만 갈 수밖에 없어 처음엔 시험 삼아 씨감자 일 킬로그램과 고구마순 백 포기를 심었다. 여러 모로 미숙한 우리를 보고 옆집 아저씨는 자신의 마당에 파놓은 지하수를 이용하라며 친절하게 대해주었다. 우리는 훈훈한 시골 인심을 느끼며 이것저것 농사에 대한 방법을 물어보곤 했다.

　그해 감자는 해충 때문에 실패하고 고구마는 그런대로 성공한 편이었다. 그것만으로도 자신감을 얻어 이듬해에는 감자와 고구마를 배 이상 심고 종목도 늘렸다. 상품성으로는 형편없지만 작물이 자라고 열매가 맺히는 과정을 지켜보고 있노라면 여간 흐뭇

한 게 아니었다.

그러나 농사는 평생을 지어온 농부에게도 어려운 일이다. 아저씨는 삼재라며 병충해와 풀과 기후를 가장 힘들어했다. 하물며 농사 상식도 없고 연장도 부실하고 주말에만 갈 수 있는 우리는 더 말할 나위가 없었다. 벌레는 일일이 잡아주고 풀은 뽑아내기만 하면 되었다. 물은 속수무책이었다. 다른 밭에는 관정시설이 돼 있어 웬만큼 가물어도 긴 호스를 대고 물을 충분히 주지만 우리 밭은 하늘만 바라보아야 했다. 너무 가물 때는 작물이 타들어가는 걸 보다 못해 심봉사 동냥젖 얻듯 이 집 저 집에서 호스를 끌어와 물을 대주었다. 하지만 친친 감긴 굵은 호스를 풀어가며 끌어댄다는 것도 한두 번이지 못할 노릇이었다. 그저 하늘만 의지할 수밖에 없었다. 비오기를 고대하며 일기예보를 보다가 비소식이 없으면 조마조마한 마음으로 예보가 틀리기를 바랐다. 그렇게 애간장을 태우며 키워낸 작물이라 벌레 먹은 고구마 하나라도 버리지 않고 베어내고 먹게 되고, 성한 건 친지들에게 나누어주었다.

작년이었다. 조금 더 자신이 생겨 땅을 더 갈았다. 우리의 모습을 소꿉장난하는 것처럼 보던 동네 사람들은 제법이라고 했다. 처음엔 몰라서 마른땅에 모종을 심었지만 구덩이에 물을 붓고 심어야 하는 것도 알았다. 왜 봄이면 그리 가무는지 또 물이 문제였다.

할 수 없이 아저씨네 지하수를 이용하기로 했다. 밭 전체가 아니고 모종 심을 구덩이에만 조금씩 주는 거라 그 정도는 신세를 져도 괜찮을 줄 알았다. 그런데 아주머니가 심각한 표정으로 나

 ········ 아무도 모르는 시작

를 불렀다.

"야속하게 들리겠지만 가물 때는 우리도 물이 모자라거든. 그러니 손을 씻거나 먹는 정도는 괜찮지만 밭에까지 물을 주는 건 삼가했으면 해."

미안해하는 아주머니의 말에 나는 뒤통수를 얻어맞은 것 같았다. 그때까지 나는 지하수는 얼마든지 나오는 것이라 생각했다. 단지 모터를 돌려야 하니 전기세는 들겠지만 그것도 요금이 싼 농업용이라 크게 신경 쓰지 않았다. 게다가 아저씨네는 부농이라 간단한 감사표시만 하면 될 줄 알았다. 그런데 아주머니 얘기를 듣고 보니 물 앞에서는 시골 인심도 경제개념도 소용없었다.

그날 이후 우리는 더욱 하늘만 바라보아야 했다. 지하수를 끌어대 촉촉해진 다른 밭의 작물에 비해, 바짝 마른 밭에서 간신히 연명하고 있는 우리 작물들을 바라보면 농사짓는답시고 못할 짓을 하고 있는 것 같아 가슴이 죄었다. 그렇게 가물다가 비가 오면 우산받기도 아까웠다. 일기예보에 비가 온다고 한 날 우산을 들고 나가면 하늘의 마음이 변할까봐 일부러 우산을 들지 않고 나가기도 했다.

올 봄 콩모를 내는 날이었다. 일주일 내내 비를 기다렸으나 오지 않았다. 그렇다고 마냥 모밭에 둘 수 없어 일단 모를 내기로 했다. 다행히 일기예보에 다음 주 초에 비가 온다고 하니 모를 낼 때 구덩이에 물을 조금씩만 주면 비 올 때까지 견뎌주지 않겠나 하는 기대로 준비를 했다.

집에서 플라스틱 물통에 있는 대로 물을 담아 가지고 갔다. 먼저 모 심을 구덩이를 내고 겨우 뿌리 닿는 데만 물을 찔끔찔끔 부었다. 지나가던 사람이 답답하다는 듯 먼저 모밭에다 물을 흠씬 주고 구덩이로 옮겨야 한다고 일러주었다. 물만 풍족하다면 누군들 그렇게 하고 싶지 않은가. 구덩이에만 주기도 부족한 물인지라 모밭은 생각도 못하고 이종할 밭에도 최대한 아껴 줄 수밖에 없었다. 구덩이 한 줄에 물을 붓고 두 줄째 부을 때면, 벌써 먼저 준 구덩이 물은 다 흡수되어 물흔적만 남는다. 그것이라도 마르기 전에 얼른 모를 심고 흙을 덮어야 했다. 플라스틱통의 물은 이제까지 흔하게 써오던 물이 아니었다. 바로 생명수였다. 그렇게 아껴 주며 심었지만 물은 터무니없이 모자랐다. 눈앞에 지하수가 있지만 작년에 아주머니가 한 말이 있어 그림의 떡이었다. 그렇다고 그만 둘 수는 없었다. 사흘 굶어 남의 집 담 안 넘을 사람 없다는데 이건 굶는 정도가 아니라 생사가 달린 문제다.

물을 훔칠 수밖에.

아저씨 내외의 동정을 살피며 줄맞춰 구덩이부터 파나갔다. 드디어 내외가 집에서 떨어진 밭으로 나갔다. 남편이 얼른 제일 큰 물통에 물을 받아왔다. 우리는 물조리개에 물을 따라다 구멍마다 부으며 허리 펼 새도 없이 콩모를 심어나갔다. 금방이라도 내외가 들어오면 허사라 마음을 졸이며 일손을 서둘렀다. 두 번째 물을 몰래 받아다가 다 심고 나니 해가 뉘엿뉘엿 저물어갔다. 허리를 펴고 바람에 하늘거리는 콩모를 바라보는 두 물도둑의 얼굴엔 안도의 미소가 번졌다.

계절이 측량하듯

지난해 벽두 서울중앙지방법원으로부터 두툼한 특별송달을 받았다. 법원이라는 이름만으로도 가슴이 철렁했다. 불길한 느낌으로 봉투를 열어보니 소장이었다.

원고 7명과 피고 11명이 차례로 적혀 있었는데 열 번째 피고에 내 이름이 있었다. 내 이름 앞에 붙은 피고라는 수식어에 정말 죄인이라도 된 것처럼 가슴이 떨렸다. 원고와 피고가 많아 복잡한데다 낯선 용어들로 처음엔 도통 무슨 말인지 이해할 수가 없었다. 사 년 전 경기도 양주에 산 대지에 대해 소유권 이전 말소 등기 절차를 이행하라는 것은 알겠는데 그 이유는 몇 번을 정독하고 나서야 알 수 있었다.

원고측은 이 땅이 일제 강점기 초 자신의 조상땅이었는데 한국전쟁 때 지적부가 소실된 걸 기화로 김 모 여인이 부당하게 취득

했다는 게다. 그 일부를 경매와 매매를 거쳐 내가 소유하게 되었으니 원래 소유주인 자기네에게 돌려달라는 내용이었다.

내 생각으로는 터무니없어 보이는 주장이지만 상대는 변호사가 대리를 맡고 있으니 어렴할까 싶었다. 답변서를 기한 내에 제출하지 않으면 원고 주장대로 판결이 난다고 했다.

나는 놀란 정신을 수습하고 변호사사무실에 나가고 있는 사촌 동생의 자문을 얻어 취득과정이 합법적이었다는 답변서를 법원에 제출했다. 그리고 그들이 낸 서류를 복사해와 꼼꼼히 점검하고 재판에 대비했다.

첫 공판은 조정실에서 열렸다. 나는 반박할 내용을 조목조목 메모해 갔다. 그러나 막상 고압적인 판사에 의해 내 이름이 호명되자 하나도 눈에 들어오지 않았다. 할 수 없이 밤잠을 설치며 연습한 대로 원고들의 주장이 부당함을 역설했다.

원고가 증거자료로 제시한 조선총독부임시토지조사국의 토지조사부는 '세금계'라고 적힌 걸로 보아 정식 토지 문서라기보다 일제가 세금을 걷기 위해 편법으로 만든 자료로 보인다. 반면 김여인이 1979년에 보존등기를 낸 자료는 우리나라가 안정된 시기인 만큼 공신력 있는 토지문서가 아니겠는가.

또한 이 대지들은 점유취득 시효인 20년을 훨씬 넘었다. 시효란 잘잘못을 가려도 법적인 제재를 가할 수 없는 것을 의미하지 않는가.

그리고 원고들은 한국전쟁 때 지적부가 멸실된 걸 기화로 김

여인이 불법 취득했다고 했지만, 1913년부터 한국전쟁까지는 얼마든지 명의변경이 있을 수 있을 만큼 긴 시간이다. 오히려 지적부가 멸실된 걸 원고들이 악용하려는 것 아닌가.

마지막으로 일제 강점기 초 조상 이름이 등기되었다 사문화된 서류만으로 소유권을 돌려달라는 것은, 일본이 옛날 잠깐 자신의 조상이 발을 들여놓았다 하여 독도를 지금 자기네 땅이라고 우기는 것과 무엇이 다른가.

나는 너무 긴장한 나머지 숨도 제대로 쉬어지지 않았다. 멸실된 지적부의 환원 신청을 받은 대법원 기록을 원고의 청구취지에서 발췌해 제시하고, 대구 개구리 소년 살해사건을 예를 들어 시효의 중요성을 말할 때는 목소리가 떨리고 점점 고조되었다. 혼신을 다해 말하는 내가 딱해보였던지 다른 사람들에겐 고압적이던 판사가 미소 띤 얼굴로 천천히 말해도 된다며 호흡을 조절해주었다. 공판이 끝나 법정을 나서는데 다리가 휘청했다. 집에 들어서자마자 나는 그대로 쓰러졌다.

사실 나는 이 사건에서 뒷짐을 지고 있어도 될 처지였다. 원 소유자인 김 여인의 자손들이 적극적으로 김 여인의 취득 사실이 정당함을 밝히면 되었다. 하지만 그들은 등기부에 올라 있지도 않고 대부분 자신에게 그런 상속 땅이 있는 사실조차 모르고 있었다. 가장 측근인 조카 한 사람만 아는데 고령인 데다 장애가 있어 거동도 자유롭지 못했다. 등기부상에 유일하게 올라있는 나만 애가 타는 상황이었다. 보다 못한 사촌동생은 만일 패소한다고 해도 전 주인에게 손해배상을 받으면 된다고 위로해주었다. 하지만 내 귀엔 들어오지 않았다. 김을 매주고 돌을 골라내며 속살처럼 만져온 흙, 전지를 해주고 물을 주면서 밀어를 나눈 나무들, 머리부터 폐부 깊숙이 돌아 나와 내 몸을 맑게 해준 공기, 그렇게 주말마다 드나들며 쌓아온 정을 어떻게 보상받을 수 있단 말인가. 나는 땅이 어디 있는지도 모르는 피고들에게 그 땅에 대한 가치를 부풀려 설명하며 재판에 적극적으로 나서주길 부추겼다.

두 번째 공판부터는 한 달이나 달포 간격으로 열렸다. 어느 때는 판사 사정으로 연기되고 어느 때는 원고의 요청으로 연기되어 진전도 없이 시간만 흘러갔다. 연기신청까지 하며 보충한 원고의 자료는 김 여인의 매매 계약서가 사법서사 공동용지가 아니라거나 주소지 이름이 당시 행정명이 아니라는 둥 내 생각으로는 트집에 불과했다.

한 번도 이어본 적 없는 물동이를 이고 있는 것 같은 나날 속에 계절은 바뀌어갔다. 재판을 하면서도 우리는 주말마다 가서 농사를 지었다. 땅은 자기 신상에 무슨 일이 일어났는지 아랑곳없이 작물이고 풀이고 쑥쑥 키워냈다. 하지만 나는 등기부 등본에 '서울지방법원에 소 제기'라는 명시로 오물을 뒤집어쓰고 있는 것 같아 측은해 보였다.

재판은 추수가 끝나갈 무렵 끝났다. 점유취득시효가 지난 것만으로도 아무런 문제가 되지 않는다는 이유로 승소했다. 처음부터 재판거리도 안 되는 것을 변호사와 브로커의 탐욕으로 시작된 송사였다. 공연히 일 년을 노심초사한 생각을 하면 어이가 없었지만 그래도 끝나니 속이 후련했다. 승소는 했지만 너무도 황당한 일을 겪고 보니 집을 앞당겨 짓거나 미리 측량을 해서 말뚝이라도 박아두어야지 안 그랬다간 또 무슨 동티가 날 것 같았다.

올 삼월 농사에 앞서 밭에 가보았다. 나는 상처 입은 자식 어루만져주듯 가만가만 밟아보았다. 물먹은 스펀지처럼 폭신폭신한 땅은 새로운 생명의 탄생을 위해 만반의 준비를 하고 있었다. 이제 곧 새 생명의 싹을 틔우고 무럭무럭 자라게 하고 열매를 맺고 수확을 내줄 것이다. 지난 한 해 치열하게 땅싸움을 하더니 이제 집도 짓기 전에 금을 그어 말뚝이라도 박으려는 나를 이 땅은 어떻게 생각할까. 봄 여름 가을 겨울로 구분 짓는 계절처럼, 네 것 내 것에 앞서 삶의 순환을 위해 순리적으로 금을 그어야 한다고 가르쳐주고 싶진 않을까. 조금 머쓱해진 나는 변명처럼 속삭인다. 투기나 특정사업을 하려는 게 아니라 내 삶의 말년을 맡기기 위해 들어오려는 것이니 그 또한 삶의 순환이 아니겠냐고.

부적

　전업주부에 대해 자부심을 가지고 살아왔다. 당장 손에 쥐어지는 수익은 없지만 　존재가치는 그 무엇과 비교해도 뒤지지 않는 숲에 비유하곤 했다. 물론 가정형편이 여의치 못하면 분연히 생활전선으로 나서야 한다고 생각했다. 그런 생각을 할 때만 해도 내게는 그런 형편은 오지 않으리라 믿었다. 하지만 남편의 사업 부진으로 그 믿음은 무너지기 시작했다. 당연히 생활전선으로 나서야 했지만 오십 중반이 되도록 살림만 해온 내게 전선은 철옹성이었다. 자부심은 자괴감으로 변해갔다.

　마침 서울시교육청에서 중고령 여성 협력망 구축사업으로 유치원 자원봉사자를 모집했다. 적지만 보수도 있었다. 나는 바로 집근처 초등학교 병설유치원에 지원서를 냈고 고맙게도 바로 받아들여졌다. 무용지물이 되어버린 것 같은 상실감을 잊기 위해서라도 나는 열심히 나갔다.

　스승의 날이었다. 아이들이 선생님들께 꽃을 달아드리고, 노래를 부르고, 안아주는 간단한 행사가 있었다. 나도 선생님 줄에 끼어 참여했다. 그날 오후 정연이가 혼자 남았을 때였다. 아이는 내 가슴에 달린 꽃을 무연히 바라보더니 손가락으로 내 가슴을 꾹 누르며 이거 누가 썼냐고 물었다. 꽃에 달린 리본엔 '도우미 선생님 감사합니다'라고 씌어있었다. 나는 무심히 상하가 썼나보다고 대답했다. 고개를 실그러뜨린 채 내 가슴에서 시선을 떼지 못하는 아이의 표정이 어찌나 애잔한지 나는 얼른 교구를 같이 하자며 아이의 시선을 돌렸다. 실은 나도 의아하게 생각하고 있었다.

　정연이는 가장 늦게 하원하는 아이다. 다른 아이들이 다 돌아가면 선생님은 교무를 보고 정연이는 학부모가 데리러 올 때까지 나와 둘이 시간을 보낸다. 아이는 초등학교에 가도 도우미 선생님이 있었으면 좋겠다고 할 만큼 나를 잘 따랐다.

　전날 각자 좋아하는 선생님께 편지 쓰는 시간이 있었는데 정연이는 내게 쓰겠다고 했다. 선생님한테 가서도 도우미 선생님에게 쓰겠다고 하는 말이 들렸다. 당연히 행사 당일 정연이가 꽃을 달아주러 나오려니 했는데 상하가 가지고 나와 달아주었고, 안아주러 나온 아이도 다른 아이였다. 상하가 글씨를 반듯하게 쓰기는 했다.

　다음날이었다. 한쪽에서 무얼 열심히 쓰던 정연이가 내게 쓴 편지라며 종이를 내밀었다. 교재로 만든 작은 종이라 내가 출근하기 전 편지 쓰는 수업을 한 줄 알고 선생님께 검사받으라고 했다. 아이는 눈을 동그랗게 뜨고 도우미 선생님께 드리려고 쓴 거라고 했다. 그제야 어제 실그러뜨린 아이의 표정이 떠올라 정색을 하고 고맙다며 받아보았다. 종이에는 '도우미 선생님 사랑해요 건강해요 박정연 올림' 이라고 씌어 있었다.

받침이 있는 글자와 없는 글자가 들쭉날쭉 섞여 있고, 줄은 오른쪽으로 오면서 밑으로 처지고 그나마 윗줄 받침이 아랫줄 초성에 붙어 글씨라기보다 그림 같았다. 테두리에 인쇄된 넝쿨장미엔 색칠도 했다. 얼핏 부적이 연상되었다. 그래 그런지 효험이 기대되며 궁금증이 일었다.

아이와 둘이 남았을 때 혹시 선생님이 불러준 말을 그대로 썼나 싶어 나는 이거 누구 생각이냐고 아이에게 물었다.

"내 생각이에요"

"왜 이런 생각을 했는데?"

"선생님 아프지 말라고요"

아이는 당연한 걸 왜 묻느냐는 듯 동그란 눈을 더욱 동그랗게 뜨고 대답했다. 난 아이의 진심을 의심했던 게 미안해 고맙다며 덥석 안았다. 아이도 내 목을 꼭 안았다. 내가 집에 가져가겠다며 편지를 접자 이번엔 아이가 의심스럽다는 듯 정말 좋으냐고 물었다. 내가 그렇다고 하자 아이는 입꼬리를 치켜올리며 해맑게 웃었다.

얼마 후엔 수줍음 많고 말수가 적은 예진이가 갖가지 색연필로

'도우미 선생님 사랑해요. 같이 놀아주셔서 고맙습니다. 아프지 마세요. 이예진 올림' 이라고 쓴 편지를 주었다. 지원이는 붉은색 종이에 글씨를 도안해 누가 보아도 부적으로 보일만 했다.

단순한 잔무나 도우려니 했던 나는 나만이 해낼 수 있는 어떤 소중한 임무를 느끼게 되었다. 처음엔 적은 보수가 나 자신의 가치를 말해주는 것 같아 힘들었지만 무시하기로 했다. 아무 이해타산 없이 따라주는 아이들만 보았다. 아이들은 돌봐주기보다는 같이 놀아주는 걸 좋아했다. 또한 할머니는 마냥 편하기는 하지만 재미없어 했고, 선생님은 재미는 있지만 어려워했다. 나는 할머니나 선생님에게는 느낄 수 없는, 편하고 재미있는 선생님이 되려고 애썼다. 학습을 할 때 진도가 늦는 아이는 도와주고, 놀이와 게임을 할 때는 아이가 되어 같이 어울렸고, 동화책은 구연하듯 읽어주었다. 무엇보다 아이들의 이야기를 열심히 들어주었다. 아직 본능과 본성이 그대로 드러나는 아이들은 자연 그 자체였다.

나는 오후 3시에 출근하는데 내가 교실에 들어서면 아이들은 '도우미 선생님'을 외친다. 나는 홈런을 치고 더그아웃으로 들어가는 야구선수처럼 아이들과 손뼉을 마주치며 답례를 한다. 간식을 먹을 때는 서로 제 옆으로 오라고 책상을 두드려댄다.

선생님들도 나를 깍듯하게 예우해주었다. 덕분에 자칫 버릇없이 행동할 수 있는 아이들에게는 예방이 되고, 위축되어 있던 나는 용기를 얻었다. 아이들의 환대와 선생님들의 호의에 나는 차츰 활력을 찾아갔다.

아이들이 준 부적에서는 아이들 향이 난다. 아이들 향에 젖어 있는 동안은 나도 아이가 된다.

박성옥

applesong59@hanmail.net

또 하나의 작별인사

생활이 우리를 속일지라도

깊어짐의 색깔이란

대체 깊어진다는 것은 무엇이며
그 깊이는 어디까지인지. 제각각의
깊이를 빛깔로도 과연 나타낼 수 있는 것인지.
우습게도 이런 생각으로 저무는
이 가을을 다 보내게 되는 건 아닌지
모르겠습니다만 자연을 보며
제 자신을 돌아보는 기회를 얻었음을
그나마 다행으로 여겨야겠지요.
그나저나 두고 온
그곳의 가을이 새삼 궁금해집니다.

또 하나의 작별인사

전화벨이 몇 번이나 길게 울렸다. 둘째 언니다.

"지금 큰오빠 모시고 장지로 가는 중이다."

"그래, 잘 가시라고 해요. 그리고 마지막으로 맏이 노릇 제대로 한번 하는 맘으로 우리 주변에 깔린 어둡고 안 좋은 것들 몽땅 다 갖고 가시라고 그렇게 말해 줘요. 꼭 그렇게 말하라구요."

전화기를 내린 후, 한참을 소리 내어 펑펑 울었다. 겨우 그렇고 그렇게 살다 갈 거면서 뭐 그리 야무지고 확실하게 잘 살 거처럼 평생을 그러더니, 그리 허무하게 가고 마는 걸 가지고는……

큰오빠는 너무 평범해서 내 주변에서 그의 자리는 거의 느껴지지 않을 정도였다. 육남매의 늦은 막내인 나랑은 나이 차이도 20년 이상이나 나고 같이 생활한 기억도 없고 그저 큰오빠니까 하는 마음이었다. 다른 형제들과는 유난스런 형제애를 나누었지만 큰오빠와는 사실 그리 해보질 못했다. 큰오빠를 생각하게 되면 마음 한 귀퉁이가 늘 묵직하고 더부룩했을 뿐이었는데 그 큰오빠가 돌아가신 거다.

형제들이 오빠와의 마지막 인사를 위해 고향으로 다들 내려갔다. 이곳에 혼자 남을 수밖에 없는 부득이한 사정이 아니었다 해도 나로선 큰오빠의 마지막 모습을 보는 일은 망설여지는 일이었다. 그러나 이젠 오래도록 마음 한켠을 무겁게 했던 큰오빠에 대한 기억들을 내려놓아야만 한다. 다시는 만나 볼 수 없는 먼 곳으로 떠나가고 있지 않은가.

뒤늦게 태어난 쉰둥이 막내다 보니 내 기억 속의 부모님은 늙고 병들어 힘든 모습을 더 많이 보이시다 사춘기 무렵에 두 분 다 돌아가셨다. 그래서 내 의지와 상관없이 형제들 보살핌을 받을 수밖에 별 다른 방법이 없었다.

중학교 입학금 마감을 앞두고 큰오빠를 찾아 갔었다. 아무리 어려도 마음이 허락하지 않는 무거운 발걸음이었던 거 같다. 그런데 무심하게 등 돌리고 일을 하던 오빠가 말했다.

"서운하게 생각하지 마라. 부모한테 물려받은 거 없이 내가 동생들 치다꺼리 하다보면 내 처자식들은 어떻게 하겠냐……."

어린 마음에 그 말이 큰 상처가 되었다. 사실 그 가난이 어떻게 오빠 책임인가 만은 막내 동생 학비 정도는, 하던 기대심리에 찬물을 끼얹는 소리였다. 결국 다른 형제의 도움으로 힘겹게 진학을 했고, 살면서 경제적 어려움으로 주춤할 상황이 생길 때마다 자칫하면 중학교 문턱도 못 밟을 뻔 했던 그때가 떠오르곤 해서 혼자서 이를 앙다문 적이 많았다.

큰오빠에 대한 또 다른 기억은, 줄곧 늙은 부모님을 모시던 둘째언니가 결혼을 하게 되었을 때, 조금 더 부모님을 돌봐 드리다 결혼하길 바라던 오빠 뜻을 꺾고 시집가는 동생한테 마음이 상한 오빠가 언니의 결혼식에 불참한 일이다. 문제는 그날 밤, 술에 취한 오빠가 부모님께 찾아와 큰소리를 내며 행패에 가까운 행동을 하는 것을 두려움에 떨면서 지켜 볼 수밖에 없었던 그 일이 오래도록 나를 괴롭혔다.

병든 부모님을 향해 맏이인 자기한테 뭘 물려준 게 있냐고 불만을 터뜨리는 큰오빠를 향해 아무 대항도 못하고 그 광경을 지켜볼 수밖에 없었던 나는 속으로 다짐했다.

'그래, 두고 보자. 당신은 얼마나 잘 살아서 제 자식들한테 뭘 물려주나.'

그 두 가지 기억은 옹이처럼 어린 내 심장에 콱 박혀버려 도무지 삭아 내려지질 않았다. 거기다 가족들에게서 학창시절부터 부모님 속을 꽤나 많이 태우던 아들이었다는 소리를 전해 들으니 더 큰오빠가 싫었던 거 같다.

그런데 복잡한 기억의 틈바구니를 비집고 이따금씩 꼬물대는 기억 하나가 있었다. 내가 대여섯 살쯤 된 꼬맹이 무렵 어느 날, 아저씨나 삼촌쯤 되는 사람이 나를 번쩍 안아들고는 신발 가게로 들어갔다. 알록달록한 신발들 틈에서 예쁜 꽃고무신 한 켤레를 골라서 조막만한 내 발에 신겨주던 두툼한 손, 그건 바로 큰오빠였다. 그 손만큼이나 두텁고 따스한 기억을 좀 더 많이 남겨 주었다면……

어쨌거나 지금, 그 오빠가 먼저 떠난 부모님을 만나 뵈러 가는 길이다. 어느덧 부모님보다 더 늙고 병든 모습으로 감사함보다 원망을 더 많이 품었던 그 가슴이 깊게 병들어버려 떠나가는 것이다. 부모님 묘소가 내려다보이는 곳에 오빠도 자리를 잡게 된다던 전화기속 언니의 말이 자꾸 귓가에서 흩어지며 윙윙댄다. '그러게, 살아서 마음만 무거웠던 많이 자리, 그런 거 필요 없는 곳으로 가는 큰오빠! 이젠 툴툴 털어버리고 가볍게 가시지요. 아까 내가 언니한테 하던 말 오빠도 다 들었지요. 우리 곁을 어지럽게 하는 것들 모두 걷어서 가져가라던 말, 지금은 지난날들 다 이해 해요. 나도 오빠처럼 생활의 무게가 어떤 건지 이제는 아는 나이잖아요. 부디 잘 가시구요. 부모님 만나 뵈면 살아서 못한 효도 거기서라도 잘 하시믄서 우리가 갈 때까지 가벼운 마음으로 잘 지내고 계시우. 엄마 아버지께도 여기 남겨진 우리들 인사, 대신 잘 여쭙구요. 큰오빠! 언제 한번 제대로 정답게 불러본 적 없는 이름, 큰오빠! 먼 길 조심해서 잘 가세요. 무거웠던 내 마음 속 응어리도 다 풀어서 내려놓을 테니 그저 발걸음 가벼이 그렇게 떠나가시지요……'

생활이 우리를 속일지라도

　오래 전부터 잘 알던 지인의 사업실패 소식을 들었다. 속된 말로 상당히 잘나가던 집이었는데 경기침체로 몇 번의 부도 끝에 겨우 비나 피할 지하셋집으로 옮겨 앉고 말았단다. 그 집 아들이 이번에 소위 일류대에 합격하고도 입학금 낼 돈이 없어 주변에서 십시일반 모아서 등록시켰을 정도였다니.

　뭐 하나 좋은 소식도 없이 힘든 일들을 전해 듣다보니 마음이 편치 않았다. 그 말을 전하는 사람도 이런저런 자기 설움 섞어서 울먹거리고, 계절 타는 심사에 사는 투정이나 좀 부리려고 전화기 들었던 나도 코가 맹맹해져버렸다.

　그 와중에 갑자기 푸시킨의 글이 생각나는 건 또 뭐람. 예전에 아버지가 다니시던 촌스런 이발소의 낡은 액자 속에도 적혀 있었고, 중학교 졸업사진 찍을 때 서비스로 뽑아주던 명함만한 사진

옆 귀퉁이에도 흘림붓글씨체로 써져있던 '생활이 그대를 속일지라도'로 시작하던 '삶'이란 시.

초등학생시절, 선생님 앞에서 억지로 외워야 했던 국민교육헌장보다 여기저기에서 봐온지라 저절로 술술 외워졌던 그 내용이 뜬금없이 왜 생각이 난 건지.

"언니! 생활이 그대를 속일지라도 하던, 그 시 생각나우? 거기서 그러잖수 현재는 언제나 슬픈 것이라고, 또 모든 것은 순간이며 지나간 일은 다 그리워하게 된다던 그 말이요. 어디 우리도 한 번 견뎌 봅시다. 견뎌보자구요."

견뎌보자는 소리, 요즘 들어서 자주 하게 되는 소리다. 며칠 전에는 멀리 사는 친구가 내가 살고 있는 곳의 바닷물 색깔이 어떠냐고 물었다. 바닷물이야 늘 푸르지 뭐 특별할거 있냐고 반문했더니 사는 게 너무 힘들어서 그냥 물속으로 걸어 들어 갈만 한가 해서 물어보는 거란다.

비록 농담이었지만 결국은 살아가기가 힘들다는 그 말에 잘 견뎌내자는 말 밖에는 달리 대꾸 할 말이 없었다. 무엇이든 노력만으로 다 될 것 같으면 앞만 바라보고 열심히 달리자고 충동질을 한다지만 무엇이 문제인지 살아갈수록 삶이 버겁다는 생각을 쉬이 털어낼 수 없는 것을 어찌하누.

물론 살면서 따스한 날들도 있었고, 어디든지 내 놓고 자랑하고 싶을 만치 빛나는 시간도 있었지만 왜 우리는 그런 순간들을 쉬이 잊고 힘든 시간들과의 대면에서 더 고통스러워하는 건지.

········ 아무도 모르는 시작

우리들의 초라한 초상肖像앞에서 자꾸 힘이 빠진다.

　한때는 세상 한 귀퉁이 정도는 물 말아 먹을 자신 있다고 큰소리치던 날들도 있었는데 이렇게 풀썩 허물어지는 건 그야말로 자존심 상하는 일 아닌가. 그러니 굳세게 견뎌내자고 스스로를 타일러보지만 정말이지 생활이 우리를 속이더라도 슬퍼하거나 노하지 말고 악착같이 잘 참아주면 뭔 수가 나긴 나는 건가? 아니면 화날 땐 냅다 소리라도 내지르며 제대로 덤벼 볼 일인지 그걸 아직 잘 모르겠다는 거다.

　돌이켜보면, 생활이 사람이 나를 속인 적 참 많고 많았었다. 물론 나 역시 세상을 속인 적도 있었고 그러나 아무리 사는 게 힘들어도 슬퍼말고 참아내야만 하는 게 인생인 겐가. 젖고 젖어도 언젠가는 마를 날이 있을 거라 위무하면서 찢어진 우산대를 움켜쥐고 묵묵히 견디고, 한쪽 문이 닫히면 다른 쪽 문이 열린다는 희망적인 말을 가슴에 새기며 걸어가는 거, 바로 이런 게 인생이란 말인가.

　그냥 울고 싶을 땐 울고 속상하면 투정도 좀 부리면서 살고 싶은데 그랬다가는 나잇값도 못한다고 질타 받게 될 테니 어찌하면 좋을까나.

　"오호, 애재嗚呼哀哉라! 오호, 세라비!(C`est la vie-이것이 인생)이라니."

깊어짐의 색깔이란
―海岸通信 第 3信

또 다시 맞이하는 가을입니다. 먼 곳의 그리운 벗님들 마음에도 지금쯤은 낙엽을 긁어모아 지피는 모닥불 연기가 뭉실하게 피어오르고 있겠지요. 제가 머무는 바닷가 마을에도 가을이 깊어간다는 신호를 여기저기서 보내고 있습니다.

제법 두꺼운 옷자락 사이를 선득하게 파고드는 바람과 귀뚜라미가 귀뚜르르 날갯짓 털어내는 소리. 마당 한쪽에 무더기로 피어 중심을 잃은 채 옆으로 기울어진 감국의 자잘한 꽃송이에서 숨 막힐 듯 뿜어 나오는 진한 가을향기에 꽃빛을 닮은 노란 한숨을 길게 몰아쉬게 됩니다. 결실의 계절이 깊어지는 뿌듯함에 새삼스레 나이 듦이 뒤섞이며 은근한 긴장감이 몰려온다는 잔 투정을 임들께 부려보는 게지요.

알록달록한 단풍빛깔을 논하는 이들의 대화만 엿듣다가 어제는 가을이 물든 숲으로 달려 나가 보았습니다. 조석으로 변하는 바다의 표정에 길들어져 가다보니 문득 가을 산의 변화가 궁금하기도 했고요.

그런데 참 이상도 하지요. 연일 매스컴에선 일교차가 심해서 올해 단풍은 아주 예쁠 거라고 했는데 내 눈에 보이는 단풍색은 그다지 고와 뵈진 않았습니다. 여느 때처럼 화려한 물감을 마구 흩뿌려진 양탄자 같이 풍성한 가을 숲을 연상했었는데 기대와는 다르게 차분한 갈색들과 눈인사를 나누다 그만 발길을 돌려 내려왔습니다. 돌아오는 동안 내 마음마저 황갈색으로 가라앉는 기분이었지요.

단풍의 색이 왜 그럴까 곰곰이 생각을 해 보았습니다만 이렇다 할 뚜렷한 이유가 떠오르지 않았습니다. 괜히 지난여름의 장맛비만 원망스럽더군요. 계절을 바꾸며 곱디곱게 익어가야 했을 나뭇잎의 색소들이 지겹도록 쏟아 붓던 장대비에 다 씻겨 내려 가버린 게 아니고서야 이럴 수가 있나 싶은 것이.

그러게요, 그것이 무엇이든 제대로 잘 익어서 제 빛깔을 보여준다는 것이 결코 쉽지 않음을 나무에 매달려 마지막까지 제 빛을 내려고 애쓰는 이파리들이 말해주는 듯했습니다.

적당한 비와 햇살, 바람이 조화롭게 숲을 쓰다듬어 주었으면 좋았을 것을. 서운한 마음을 달래느라 다시 마음을 바꿔 봅니다. 원래 가을색이란 것이 이렇듯 그저 담담한 갈색이었을 테지 하고 말입니다.

숲속의 단풍들은 그렇다 치고, 가을바다는 점점 짙푸르게 깊어지고 있는 요즈음입니다. 마치 자신을 향해 흘러들어온 숱한 것들을 안으로 아우르며 모두 흡수해버린 듯 말입니다. 바로 이것이 바다의 매력일 테지요.

그렇다면 인생의 가을 녘에 접어들었다고 봐야 하는 나는 대체 어떤 빛깔일지 궁금해집니다. 그리 화사하지도 않고 강렬하지도 못해 이렇다 하고 꼭 집어 말할만한 색이 떠오르지 않는 것을 보니, 결국은 나도 그리 때깔 나지 않는 갈색褐色 같은 존재가 아닌가 하는 생각이 슬그머니 밀고 올라오네요.

대체 깊어진다는 것은 무엇이며 그 깊이는 어디까지인지. 제각가의 깊이를 빛깔로도 과연 나타낼 수 있는 것인지. 우습게도 이런 생각으로 저무는 이 가을을 다 보내게 되는 건 아닌지 모르겠습니다만 자연을 보며 제 자신을 돌아보는 기회를 얻었음을 그나마 다행으로 여겨야겠지요.

그나저나 두고 온 그곳의 가을이 새삼 궁금해집니다. 하루가 다르게 변하는 도시의 풍경이야 그렇다지만 곳곳에 차분히 스며든 가을은 어떤 빛깔을 띠며 임들의 겨드랑이를 파고들던가요. 여전히 고궁 옆의 작은 찻집에서 흘러나오는 노래가사에 매달린 가을단어 하나에도 저절로 걸음이 주춤해지고, 발밑에서 바스러진 낙엽의 매캐함에 쏟아지는 마른기침 삼키며 올려다본 하늘에서 파란 물기가 느껴지시던가요.

이렇듯 '궁금해진다는 것'은 결국은 '그리워진다는 것'과 동의어同義語라는 것을 멀리 떠나와서야 알게 되었습니다.

목이 마르도록 궁금하고도 그리운 먼 곳의 임들!

아래로 내려다보이는 바다가 오늘따라 유난히 푸르게 빛나고 있습니다. 푸른 저 바닷물에 제 그리움을 접어 만든 작은 종이배 하나 띄우는 걸로 가을인사를 대신할까 합니다. 제 인사가 무사히 그대들의 물가에 다다를 수 있길 간절히 바라며 이만 펜을 내립니다.

유 혜 경

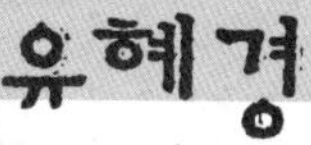

흔히들
요즘 세상이 각박하다, 인심이 야박하다고
말들 한다. ……
하지만 얼굴도 모르는 사람에게
반찬값 아낀 돈을 선뜻 보내주고,
아무 생색도 나지 않는 일에 마음을 모아준
아름다운 사람들이 살아가고 있는 한,
이 세상은 살아 볼만한 세상이다.

살아 볼만한 세상

한 포털사이트에 블로그를 가지고 있다.

일기를 쓰듯 글을 쓰기도 하고 관심 있는 정보를 나누면서 많은 사람들을 알게 되었다. 블로그 이웃이라는 이름으로 친해진 사람들과 사이버에서의 인연이 오프라인 세상으로 이어져 가슴이 따뜻해지는 정情을 나누고 있다.

지난 봄 ㄷ씨의 블로그에서 '봄비'라는 글을 읽었다. 내리는 봄비가 '돈'비라면 딱 그 사람이 필요한 수술비만큼만 함지박에 주어 담고 싶다고 독백처럼 쓴 글이었다. ㄷ씨가 말한 그 사람은 지역의 상당한 유지였지만 사기를 당해 재산을 모두 날렸다. 충격으로 정신 병원에 입원한 와중에 부인과 자식들도 떠나가고 외톨이가 되었다. 간신히 정신을 추스르고 살아남아야 하겠다는 일념으로 닥치는 대로 일을 하여 연명해 나갔다. 그런데 건물청소를 하다가 발을 헛딛는 바람에 다리를 다쳤지만 병원에도 가지 못했다. 다리를 끌며 다니는 걸 보다 못해 ㄷ씨가 적은 금액이나마 봉투를 전했다. 병원에 가보니 수술을 해야 한다는데 기백만 원의 수술비가 없어 장애자로 살아갈지도 모른다고 걱정하고 있었다.

처음엔 안타깝구나 하고 지나쳤는데 밥을 하고 설거지를 하다가도 딱한 사연이 다시 떠올려지곤 했다. 다친 사람을 알지 못하는데, 가족들도 몰라라 하는데 내가 뭐라고 하면서 무시하려 했지만 자꾸만 신경이 쓰였다. 그를 도우려면 무엇보다 돈이 필요했다. 혼자 힘으론 어림없는 일이고 블로그에 올려서 여러 사람의 도움을 청해야 하는데 돈 이야기를 하기가 상당히 조심스러웠다. 사이버 세상에서 어려운 사정을 이용해서 사기를 치는 일들도 있다 하고 부정적인 이야기들이 많았다. 혹시 나를 그렇게 보는 게 아닐까. 글을 통해서 보아 온지라 ㄷ씨의 심성을 나는 알지만 다른 사람들이 어찌 생각할는지도 몰랐다. 십시일반으로 크게 부담이 안 되는 돈이라면 괜찮지 않을까, 열흘 가까이 고민하다가 ㄷ씨의 '봄비'라는 글을 가져와서 내 블로그에 올리면서 도움을 청했다.

내 블로그 이웃들이 나를 믿고 일면식도 없는 사람을 돕기 위해 성금을 보내줄까 했던 것은 기우였다. 글을 읽은 이들이 ㄷ씨의 계좌로 성금을 보내기 시작했다. 개중에는 나와 만났던 이들도 있었지만 대부분 사이버 상에서만 아는 사람들이었다. 심지어는 처음 찾아 왔다가 딱한 사정을 읽었다고, 오랜만에 들어왔다가 알게 되었다고, 또 어떤 이는 자신을 밝히지 않는 등 많은 사람들이 성금을 보내 주었다. 자신의 블로그로 글을 가져가서 알리기도 하고 놀랄 만큼 큰 금액을 송금해주는 사람도 있었다. 한 사람은 그날 통장에 남은 돈에서 수수료만 빼고 모두 보내주기도 했다. 어떻게 아무런 조건 없이 잘 알지도 못하는 나를 믿고, 한 번도 본 적 없는 사람을 위해서 아낌없이 자기가 가진 돈 전부를 보냈을까. 나라면 과연 어땠을까. 그네들이 너무 고마워서 눈물이 핑 돌았다.

일 주일동안 보내준 성금을 가지고 ㄷ씨가 전달하러 가자 무슨 영문인지 몰라 두 눈만 껌벅거리던 그가 이윽고 정황을 알아차리고 감격의 신음 소리를 냈다고 한다.

"얼굴도 모르는 분들이 낭떠러지에 떨어진 내게 생명의 밧줄을 내려주셨군요. 정말… 정말 다시 태어난 것 같소 눈물 나도록 고마운 이 은혜를 어떻게 해야 할지… 내가 무엇이라고 많은 분들이 귀한 돈을 보내셨누… 송구스럽네."

그러면서 그는 이름을 비공개로 했다는 말에 도와준 사람들이 누구한테 도움을 주었는지 마땅히 알아야 할 권리가 있으니 자신의 실명을 밝히라고 했다. 정밀 검사 결과 다리를 다친 지 너무 오래 되어서 수술을 할 수 없어 보조기구를 착용했다. 덕분에 걷기가 많이 편해졌다며 쓰고 남은 돈을 돌려주겠다고 해서 통원치료와 재활비용으로 쓰라고 했다고 알려왔다.

조금 일찍 병원에 갔더라면 수술을 받았을 텐데 아쉬웠다. 수술을 받더라도 가족도 없이 하루 벌어서 살아가는 그에겐 남은 수술비며 생계가 걱정이었다. 그나마 걷기라도 편해졌으니 그만해도 잘되었다고 위안 삼기로 했다.

흔히들 요즘 세상이 각박하다, 인심이 야박하다고 말들 한다. 아닌 게 아니라 자식이 매를 맞고 왔다고 금권력을 동원해서 보복 폭행을 한 재벌회장이 있는가 하면, 돈 이만 원 때문에 살인을 저질렀다는 보도에 한숨이 나오기도 한다. 하지만 얼굴도 모르는 사람에게 반찬값 아낀 돈을 선뜻 보내주고, 아무 생색도 나지 않는 일에 마음을 모아준 아름다운 사람들이 살아가고 있는 한, 이 세상은 살아 볼만한 세상이다.

부끄러운 아침

늦은 밤 아들에게서 전화가 왔다. 학원에 같이 다니는 친구에게 사정이 생겨 우리 집에서 하룻밤 재워도 되겠느냐고 물었다. 자세한 이야기는 집에 와서 하겠다기에 영문도 모르고 승낙을 했다. 전화를 끊고 나서도 무슨 일일까 궁금했다. 아들의 친한 친구들이 종종 자고 가기도 했지만 누군지 알지도 못하는 아이를 재워도 되는지 걱정스러웠다. 다 큰 딸이 있는데 혹시 그 아이가 나쁜 아이면 어쩌지, 뉴스에서 보았던 흉악스런 일들까지 떠올라 찜찜했다.

아들을 따라 들어온 아이가 수줍게 인사를 했다. 앳되고 순박해 보이는 인상이었다. 가족들이 모두 여행을 떠났는데 열쇠가 부러졌단다. 시간이 늦었으니 고칠 수 없어 집에 들어가지 못한다고 했다. 아이를 보고 자초지종을 듣고 나니 그제야 편해졌다.

잘 자라며 자리를 펴주고 나도 안심하고 잠을 이룰 수 있었다.

다음날 아침 냉장고를 뒤져서 정성껏 밥상을 차렸다. 딴엔 잠시나마 의심했다는 사실이 미안스러워서였다. 아들이나 아이나 아침은 많이 먹지 않는다면서 조금만 먹고 갔다. 아이들이 밥이라도 많이 먹고 갔으면 좋으련만, 자식 키우는 사람이 왜 이렇게 야박한지 무엇이 가슴에 얹힌 듯 편치 않았다.

어린 시절 외가에는 낯선 사람들이 하룻밤씩 묵어갔다. 남자들은 사랑방에서 일꾼 아저씨와 함께 자고 여자들은 우리들과 같은 방에서 자고 가곤 했다. 그때 드너물 장수라고 불렀던 아주머니가 무거운 보따리를 이고 타박타박 걸어가던 뒷모습은 지금도 기억난다. 시장을 가려면 30분이 넘게 걸어가서 한 시간 기까이 버스를 타야 했다. 장을 보려면 큰맘 먹고 가야 하는 우리 마을 사람들에게 드너물 장수는 여간 반가운 게 아니었다. 아주머니가 가지고 온 보따리를 방에 펼쳐 놓으면 없는 게 없었다. 엄마가 직접 만들어준 옷을 입던 우리들에게 아주머니가 가져온 기성복들은 탐나고 부러운 옷이었다. 명절을 앞두고 결 고운 코르덴바지라도 얻어 입는 날이면 하늘로 날아오르기라도 할 듯 신이 났다.

드너물 장수가 왔다는 소식을 듣고 동네 아주머니들이 몰려들면 우리 집은 시끌벅적했다. 가져온 물건들을 다 팔고나면 어느새 저녁이 되었다. 외할머니는 어두운 길에 못 간다면서 붙잡았고 아주머닌 당연한 듯 같이 저녁을 먹고 한방에서 잠을 잤다. 외할머니와 늦도록 두런두런 이야기를 나눴고 아침이면 돈 대신 받은 곡식들을 무겁게 이고지고 갔다.

앞 동네에 많은 사람들이 이사를 오면서 버스가 다니기 시작했다. 구멍가게가 생겼고 신발가게도 옷가게도 생기면서 드너물 장수가 가져오는 물건들을 사지 않게 되었다. 언제부터인지 아주머니는 오지 않았다. 얼마 전 외삼촌으로부터 아주머니가 큰 시장에서 포목점을 해서 부자가 되었다는 말을 들었다. 앞 동네 처녀가 그 아주머니의 며느리가 되는 바람에 종종 소식을 듣는다고 했다. 젊어서 고생하던 그 아주머니의 노후가 편안한 것 같아서 내가 아는 사람의 일인 양 괜히 반가웠다.

그땐 사람들이 순수했기 때문에 그런 일들이 가능했는지도 모른다. 사람을 믿지 못하는 요즘 같아선 오가는 사람을 재우기가 쉽지 않은 일이다. 하긴 나도 불과 얼마 전까지만 해도 대문을 잠그지 않고 지냈다. 사람 좋아하는 어머니가 싫어했기 때문이었다. 이사를 오면서 문이 닫히면 자동으로 문이 잠기는 자물쇠를 설치했고 이제는 잠긴 대문도 확인하는 습관마저 생겼다.

친하게 지냈던 이들이 사기를 치고, 검침원을 가장해서 도둑질을 하고, 손님으로 택시에 탔던 사람이 강도가 되기도 한다. 그뿐인가. 돈 때문에 가족들에게 흉기를 휘둘렀다는 뉴스를 종종 듣는다. 거친 세상에서 모르는 사람을 뭘 믿고 재우겠느냐고 나 자신을 합리화시켜 본다.

그렇더라도 아들의 친구마저 믿지 못한 건 내가 너무 세속화

된 것은 아닐까. 언제부터 대문을 잠그듯 내 마음에도 자물쇠를 채우게 된 것일까. 누가 내 마음 속을 들여다보는 이도 없고, 뭐라고 하는 이도 없는데 변명의 여지가 없어 나 혼자서 부끄러워지는 아침이다.

와 이리 찹노

　　일조량이 부족하면 우울증에 걸린다고 한다. 통 바깥출입을 못
하시는 어머니의 자리를 창 쪽으로 옮겨 놓았더니 햇살이 놀러
왔다. 이불 속에서 손을 꺼내 햇볕을 쬐어 드렸다. 건강하셨다면
손이며 얼굴 그을린다고 질색했으련만 간혹 찡그리기만 할 뿐 햇
살이 얼굴을 간질이는 줄도 모르고 깊이 잠이 드셨다.

　　몇 년째 어머니가 편찮으시니 가끔씩 안부를 물어주는 이들이
있다. 다행스럽게 특별히 몸이 아픈 데는 없이 죽과 간식은 잘 드
시니 괜찮다고 대답하지만 실상은 그렇지 않다. 내가 보기에도
하루하루 쇠약해지고 있다. 매사에 관심이 없고 무심하게 바라보
는 날이 더 많다. 낮에 내처 잠만 주무시다가 밤에는 자지 않고
잠자는 나를 지켜보고 앉았다던가, 아무리 물어도 대답을 안 하
다가 어떤 날은 선뜻 대답을 하신다. 곧잘 화장실에 다니다가도

기저귀를 뺀 날이나 목욕한 날 앉은 채로 실수를 해서 빨래거리를 잔뜩 만들어내기도 한다. 때론 뜻하지 않은 말로 나를 감격하게 만든다.

주무시는 걸 보고 애벌빨래를 해서 세탁기에 넣고 들어오는데 어머니가 화장실에 가려고 일어났다. 비틀거리길래 얼른 쫓아와서 두 손을 잡았다. 따뜻한 손을 잡는 순간 아차 싶었는데 '니 손이 와 이리 찹노?' 하고 물었다. 다른 때는 따뜻한 물에 손을 담갔는데 바빠서 그냥 잡았더니 차가웠던 모양이었다. 화장실에서도 또렷한 목소리로 '손이 와 이리 찹노?' 하면서 내 손을 감싸 주었다. 정신도 없는 어머니의 마음 씀씀이에 가슴이 울컥해 지면서 오래전 이렇게 내 손을 감싸주었던 일이 떠올랐다.

첫아이가 백일이 지났을 무렵에 친정 나들이를 했을 때였다. 내가 아기를 데리고 왔다는 말에 외할머니가 아기를 본다고 다니러 오셨다. 애초엔 하룻밤만 자고 간다고 했는데 이틀을 자게 되었다. 다음날 출발하려고 밖을 내다보니 눈이 하얗게 쌓여있었다. 외할머니는 아기가 감기 걸리면 안 되니까 하룻밤 더 자고 가라고 붙잡으셨다.

집으로 조심스럽게 전화를 걸었다. 남편은 제대로 이야기도 듣지 않고선 오든지 말든지 마음대로 하라면서 전화를 뚝 끊어 버렸다. 잠시 망연해서 어쩌나하고 있는데 눈치 빠른 외할머니가 어서 가라고 채근을 하신다. 남자들 맘 상하게까지 하면서 친정에 있으면 안 된다고 아이를 업혀 주시는데 눈물이 솟았다.

동생이 쫓아 나와서 잡아준 택시를 탔는데 갑자기 내린 눈으로 엉금엉금 기다시피 하더니 더 이상 올라 갈 수 없다면서 서 버렸다. 아파트까지 올라갔다간 차가 구를 수도 있다니 할수없이 내렸는데 바람이 세찼다. 등엔 아기를 업고 친정에서 챙겨 준 올망졸망한 여러 개의 보따리를 챙기는데 왜 그리 무겁고 서럽던지 그 길로 돌아서고 싶었다.

'그래… 이런 남자와는 살 수 없어. 나 혼자도 아니고 아기도 있는데 이러는 거야. 오든지 말든지 마음대로 하라고… 정말 너무하는 거 아냐' 원망을 하면서 눈물로 범벅이 되어 집에 들어서니 어머니가 깜짝 놀라셨다.

"아이고 야야 이 눈길에 어쩌려고… 쟤가 미쳤는갑다. 이 눈길에 오라고 했다니 쟤가 왜 저런다냐? 에구 이 손 찬 것 좀 봐라. 손이 와 이리 찹노?"

남편은 내가 전화를 했을 때 눈이 많이 내리지도 않은데다 약속을 지키지 않고 여러 번 미루어서 순간적으로 화가 났단다. 그래도 그렇지 그 눈길에 정말 올 줄은 몰랐다고 했다. 덕분에 나나 남편이나 아무리 사소한 약속이라도 잘 지키게 되었다. 하지만 그 일은 결혼생활 중 가장 서운했던 기억으로 남아서 지금도 가끔씩 남편에게 딴지를 거는 빌미가 되었다.

남편을 야단치면서 내 손을 잡아 주던 따뜻한 손이 아니었다면 어찌 되었을까. 아마도 크게 다투거나 막말이 오갔을지 모른다. 내 손을 소중하게 감싸주던 어머니의 손이 무의식중에 따스한 기

억으로 남아서 때론 어머니로 인해서 속이 상하고 불화가 생겼을
때 나를 견디게 하는 힘이 되었는지도 모른다.

　정신이 없는 중에도 내 손이 차다고 걱정해주시는 어머니는 무
슨 생각을 하시는 걸까. 사뭇 지워지는 기억은 어디쯤에 머물러
있을까. 지금 어머니 곁에 머물러 있는 햇살처럼 우리 곁에 오래
도록 머물러 주시면 참 좋겠다. 잠드신 모습을 바라보는데 햇살
때문인지 눈이 시리다.

이미경

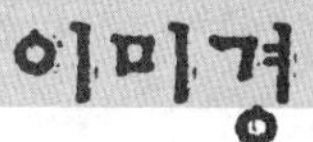

mk590930@hanmail.net

겨울나기

다락방 이야기

마음껏 하늘을 보기는 처음이었다.
이른 새벽부터 밤늦은 시간까지
하늘을 가슴에 안고 누워 있다 보니
어느덧 막혔던 마음이 서서히 풀리기 시작했다.
오랜만에 느껴보는 여유와 휴식이었다. ……
유유히 흘러가는 구름과 이야기를 나누다 보니
그렇게 편안할 수가 없었다.

겨울나기

삼월이다.

오랜만에 나선 거리에는 긴 겨울의 흔적은 간데없고 봄볕이 제법 따뜻하다. 이번 겨울엔 나도 동물들이 겨울잠을 자듯이 겨울 내내 집안에 갇혀 지내야 했다.

물리치료를 받으러 동네 병원을 가는 길이다. 하루에도 몇 번씩 오가던 이 길을 꼭 삼 개월 만에 걸어본다. 아스팔트의 차가운 감촉이 새삼 정겹게 느껴진다. 어제 깁스를 풀고 병원을 나설 때보다는 조금 나아졌지만 막상 목발 없이 걸으려니까 자꾸 절뚝거렸다. 낯익은 이웃사람들의 반가운 미소처럼 어느새 다가온 봄바람이 그동안의 칩거를 묻는다.

지난해 초겨울, 발을 수술하였다.

어느 날 아침 일어났는데 발이 아프기 시작했다. 특별히 다친 기억이 없으니까 별 것 아니려니 하고 개인 병원에서 약물치료와 물리치료를 받았다. 의사선생님도 인대가 늘어난 것 같다며 대수롭지 않게 여겼다. 그러나 낫는가 싶다가도 많이 걸으면 다시 재발하였다.

주변의 권유로 대학병원을 갔더니 수술을 해야 한다고 했다. 개인병원 의사를 믿고 일 년 가까이 치료와 재발을 반복하면서 시간을 오래 끈 것이 화근이었다. 생활에 지장을 줄 만큼의 심한 통증은 아니었기에 한방과 양방을 병행하면서 방심했던 게 후회되었지만 소용없는 일이었다.

처음 하는 수술이라 겁이 났다. 그래도 심한 통증이 없었으니까 간단한 수술이려니 생각하며 설명을 듣는데 가슴이 철렁 내려앉았다. 수술의 범위가 생각보다 큰 것도 문제지만 더욱 당황하게 하는 것은 수술 후에 삼 개월 동안 발을 사용하면 안 된다는 것이었다.

생각만 해도 답답한 일이었다. 바쁘게 살기로 소문이 난 내가 어떻게 며칠도 아니고 삼 개월이나 집안에 갇혀 지내나. 수술 날짜가 다가올수록 외출금지라는 생각에 가슴에 쳇기가 가시지 않았다.

차라리 더 있다 할까 망설이는 동안 찬바람이 불어왔다. 월동 준비를 하는 동안 내내 마음이 심란했다. 주부가 겨우내 두문불출할 걸 대비해서 미리 해 두어야 할 일이 왜 그렇게도 많고 복잡한지….

수술 후의 통증은 상상외로 심했다. 푹푹 쑤시는 통증만으로도 힘든데 꽉 조이는 통 깁스가 몹시 갑갑해서 숨이 막힐 것만 같았다. 상황이 이렇다 보니 그동안 외출을 못할 것에 대해 미리 걱정했던 마음은 한낱 사치에 불과했다. 밖에 나가지 않아도 좋으니 이 답답한 통 깁스를 풀고 아픈 내 발을 보듬고 싶은 마음이 간절하였다.

앉아 있으면 피가 아래로 쏠려 더욱 괴로웠다. 할 수 없이 창 넓은 거실에 누워 하루하루를 보내야 했다. 두 눈 가득 겨울하늘이 들어왔다. 눈발이 휘날리는 잿빛 하늘과 맑지만 차가운 겨울하늘, 그리고 오랜만에 찾아보는 겨울 별자리까지….

이렇게 마음껏 하늘을 보기는 처음이었다. 이른 새벽부터 밤늦은 시간까지 하늘을 가슴에 안고 누워 있다 보니 어느덧 막혔던 마음이 서서히 풀리기 시작했다. 오랜만에 느껴보는 여유와 휴식이었다. 그동안 얼마나 바쁘게 살아왔던가. 유유히 흘러가는 구름과 이야기를 나누다 보니 그렇게 편안할 수가 없었다.

염려도 병이라더니 미리 걱정할 만큼 시간은 지루하지 않았다. 그동안에 미루었던 책들을 보고 하루 종일 음악을 듣고, 찾아와 주는 지인들과 담소하다 보니 하루가 지나갔다. 오히려 주변 사람들이 더 걱정하며 전화를 해주었다. 부지런히 나다니던 사람이 집에 꼼짝없이 갇혀 있으니 얼마나 답답하냐며, 모두들 아픈 발보다도 외출하지 못하는 심정을 위로해 주었다. 평소 내가 바쁜 사람이긴 했었나보다.

87

이 없으면 잇몸이라더니 내가 없으면 안될 것 같았던 일들도 그럭저럭 해결이 되었다. 집안 살림도 가족들의 도움으로 꾸려가고, 맡고 있는 단체 일도 임원들이 알아서 잘 해주었다. 미리 걱정했던 것은 나의 기우였다.

겨울은 추워야 제 맛이라 한다. 그러나 이번 겨울은 추위도 제대로 느껴보지 못한 채 집안에서만 보낸 따뜻한 겨울이었다. 그동안 바쁘다는 핑계로 소홀히 여겼던 지인들에게 반찬까지 배달받으면서 마음이 따뜻했던 겨울이기도 했다.

몇 개월이었지만 휠체어에 의지해 가족들의 도움으로 생활하면서 장애인들이 평생 겪는 불편과 어려움을 조금이나마 알게 되었다. 감히 그들이 겪는 고통과 인내를 어찌 다 알 수 있을까. 다만 어려움 속에서도 꿋꿋이 장애를 극복할 수 있는 가장 큰 힘은 가족들의 사랑과 희생이 아닐까 싶다.

팔 다리 없이 태어나 <오체 불만족>의 작가로 유명한 일본의 오토다케가 당당히 와세다 대학생이 된 감동 뒤에는 어머니의 눈물겨운 사랑과 선생님 가르침이 있었다. 교통사고로 하루아침에 장애인이 된 인기 가수가 휠체어에 앉아 다시 무대에 오르게 된 것도 헌신적인 그의 아내가 있었기 때문이었다. 뜻하지 않은 일로 장애인들의 삶을 조금이나마 이해할 수 있었으니 이번 겨울엔 인생 공부를 톡톡히 한 셈이다.

수술도 잘 되었으니 이제 발길 닿는 곳 어딘들 못 가겠는가. 정상인으로 살아가면서 느껴보지 못했던 일들이 새삼 감사하다. 평생을 불편한 몸으로 살아가는 사람들의 심정을 생각해 보면 내가 겪은 삼 개월은 행복한 휴식에 불과한지도 모른다.

눈 한번 밟아 보지도 못했는데 벌써 동장군을 보내고 봄을 맞이한다. 동물들이 겨울잠을 자고 나면 그만큼 건강해지듯이 나도 겨울나기를 잘 하였으니 좀 더 나은 삶을 살 수 있을 것 같다.

하늘이 가르쳐 준 넓은 마음과 '장애인 체험'이라는 값비싼 경험을 가지고 어려운 이웃을 생각하며 걸어가고 싶다.

다락방 이야기

우리 집에는 두 마리 애완견이 있다.

둘의 관계는 모녀지간이지만 나와 딸의 사이처럼 다정하지만은 않다. 얼마나 질투심이 많은지 주인의 사랑을 독차지하려고 으르렁거리기는 물론 먹는 것 앞에서도 한 치의 양보가 없으니 서로의 관계를 알기나 하는지 의심스러울 때가 많다.

다행인 것은 새끼강아지는 입이 짧아 많이 먹질 못한다. 처음엔 빼앗기지 않으려고 버티다가도 다 못 먹고 남기기 일쑤니 조금만 참고 기다리면 먹다 남긴 새끼강아지 것 마저 어미 몫이 되곤 한다.

그런데 오늘은 예외다. 새끼 강아지가 먹다 남은 고깃덩이를 입에 물고 불안한 듯 이방저방 돌아다닌다. 배가 부른대도 놓지 못하고 어미를 피해 다니는 것을 보니 무척 맛이 있는 모양이다.

.... 아무도 모르는 시작

그 모습이 하도 딱해서 어미 개를 쫓고 방문을 닫아 주었더니 재빨리 구석진 곳으로 달려가서는 앞발로 여기저기 방바닥을 긁어본다. 흙이 아니니 바닥이 파질 리 만무했지만 몇 번을 시도해 보는 강아지의 모습이 어찌나 귀엽고 신기한지… 이럴 때 애완견 키우는 재미를 느끼곤 한다. 제 뜻대로 안되자 안절부절 못하던 강아지는 결국 딸아이 책상 뒤편에다가 감추고 나서야 안심하고 내게 안긴다. 그 모습을 보니 나의 어릴 적 생각이 나서 웃음이 나온다.

우리 집은 딸부자 집이었다. 막내아들을 기다리면서 딸 다섯을 두었으니 집은 항상 북적거리고 시끄러웠다. 고만고만한 터울이다 보니 무엇이든 더 차지하려고 다툼이 끊이지 않았다. 먹을 것이 넉넉지 않던 시절, 나는 몸이 허약하여 병치레까지 잦았다. 오죽하면 어른들이 열 살도 못 살 거라며 그동안 실컷 먹이라고 하셨을까. 그러나 형제끼리 빙 둘러 앉아 함께 음식을 먹다 보면 몇 숟갈 떠 보지도 않았는데 밥상은 벌써 비어 있었다. 먹성 좋은 동생들 틈에서 제 몫도 못 챙겨먹는 나를 보다 못한 어머니는 특별한 음식을 할 때면 부엌으로 살짝 불러서 따로 먹이고는 하셨다.

제사를 지내고 난 약과나 사탕 등, 귀한 군것질감은 다투지 못하게 어머니께서 골고루 나누어 주셨다. 그때도 한꺼번에 먹지 못하고 남기는 편이었다. 언니와 동생들은 다 먹어치우고 내 것만 쳐다보았지만 욕심이 나서 줄 수도 없었다. 매일 먹을 수 있는 것도 아니니까 다음에 먹기 위해 감춰두고 싶었다. 자매끼리 함께 방을 썼기에 그곳을 들킬까봐 어디다 숨겨둘까 궁리 끝에 생각한 곳이 다락방이었다.

다락방에는 어머니께서 자주 쓰지 않는 물건들을 차곡차곡 정리해 두었다. 올라가보니 숨길 곳이 너무 많았다. 나만의 비밀창고를 가진 것만으로도 가슴이 벅찼지만 그 틈에 감추어 두었다가 먹고 싶을 때면 올라가서 꺼내먹는 재미도 쏠쏠하였다. 가끔씩은 오래 두면 안 되는 음식까지 감추어두고 잊어버렸다가 곰팡이가 피어 버리기도 했다.

낮은 천장 덕에 다락방은 아늑하고 편안했다. 사탕을 입에 물고 엎드려 작은 창으로 사람들을 내려다봤다. 키 크고 엄하신 아버지도 그때만은 무섭지 않았다. '이층집에서 살던 이런 기분일까.'

형제 많은 집에서 살다보니 가끔은 외동딸이 부러웠다. 그럴 때면 어머니께 '나, 부잣집에 입양 보내주지…' 하고 철없는 소리를 하곤 했다. 다락방은 형제들과 복닥거리지 않고 혼자만의 공간을 가질 수 있어서 좋았다.

언젠가는 다락방에 감추어 두었던 과자를 찾다가 그만 들기름병을 엎질렀다. 일 년 동안 먹으려고 여러 병을 짜서 보관 중이었는데 사고를 쳤으니 화가 난 어머니께 꾸중을 들은 건 당연했다. 울다가 잠이 들었다. 저녁때가 되어도 돌아오지 않는다고 찾아다니시던 어머니가 혹시나 해서 다락문을 열어보니 그곳에서 내가 웅크리고 잠들어 있었다고 한다. 그때 진동하는 들기름 냄새를 맡으면서 잠든 탓인지 어른이 되어서도 선뜻 들기름 친 음식에는 손이 가지 않았다.

그러던 어느 날 바로 밑에 동생이 눈치를 챘다. 그때부터 식탐이 많은 동생과 나와의 실랑이가 시작되었다. 장소를 바꾸면 얼마 안 있어 또 들키고 말았다. 다락방에 숨겨둔 군것질감을 동생은 마치 소풍서 보물찾기를 하듯 잘도 찾았다. 내 것을 왜 먹었냐고 하면, '언니가 다 못 먹어서 좀 먹었기로서니 무슨 잘못이냐'면서 오히려 적반하장이었다.

사실 나는 빼앗긴 과자보다 나만의 은밀한 장소를 침범당했다는 것에 대한 아쉬움이 더 컸다. 조용했던 다락방은 불청객으로 잠시 소란스러웠지만 그 후 사춘기가 되어 이사를 갈 때까지 내가 가장 즐겨 찾는 나만의 공간이었다.

그때는 왜 양도 적으면서 먹는 것에 욕심을 냈는지 모르겠다. 오늘 새끼강아지가 하는 짓과 나의 어릴 적 행동이 닮은 듯해서 웃음이 났다. 뭔가 감추는 것은 욕심이라기보다는 약한 자의 본능이었을까. 지금 먹지 않으면 곧 강한 자에게 빼앗긴다는 사실과 제 몫을 차지하려는 동물적 본능이 내게도 있었던 모양이다.

열 살을 넘기기 힘들다고 염려하였던 내가 강산이 수차례 변하도록 건강하게 버티고 있다. 병치레로 부모님의 근심이 더해가던 어느 날, 굿거리까지 하시더니 그때 덤으로 얻어낸 명인지도 모른다. 천명(天命)이던 덤이던 애년(艾年)을 바라보는 지금, 내 마음속 다락방에도 차곡차곡 귀한 것들이 쌓여간다.

그 시절 다락방에 숨겨두었던 맛난 음식들처럼 지금 내게 소중한 것들은 무엇일까. 분명한 것은 그때나 지금이나 내 마음이 가난하지 않다는 것이다.

문득 돌아갈 수 없는 그때의 그 다락방이 그리워진다.

홍성남

ring0327@hanmail.net

" 내가 가야할 모든 길을
위에서 내려다보고
결정을 해준다면 과연 사는 맛과 멋이 날까.
어차피 인생은
미완성이라는데
가다 넘어지고, 일어서면서 완성으로 향해간다.
땅에 넘어진 자 땅 짚고 일어나듯이
그렇게 살아가는 게 삶이리라. "

매미, 그 울음소리

오늘따라 매미소리가 유난히 귀에 거슬립니다.

그 울음소리는 여느 때와 다르지 않지만 간밤에 잠을 설친 탓인지도 모릅니다. 소음이 되어 내 귓전을 울리는 소리는 매미처럼 일생을 살다 간 사촌동생이 간절히 생각납니다. 지천명의 고개도 넘지 못하고 가버린 동생을 떠올리면 그 울음소리는 비수가 되어 내 가슴을 파고듭니다.

매미는 땅속에서 유충 상태로 오륙년을 견딘다고 합니다. 번데기에서 성충이 되어 보름정도 살다가기에 그렇게 피를 토하듯 울어대나 봅니다.

여름이 뜨거워서 매미가/ 우는 것이 아니라 매미가 울어서/ 여름이 뜨거운 것이다//

매미는 아는 것이다/ 사랑이란, 이렇게/ 한사코 너의 옆에 붙어서/
뜨겁게 우는 것임을//
울지 않으면 보이지 않기 때문에/ 매미는 우는 것이다//
　　　- '사랑', 안도현

며칠 전, 동생이 혼수상태에 빠졌다는 사촌언니의 전화는 다급
했습니다. 백혈병이라는 병마와 긴 시간 싸우던 동생이 기어코
힘이 부쳤던 모양입니다. 올케는 자책의 넋두리를 쏟았습니다.
이럴 줄 알았더라면 병원에서 긴 시간 허비하지 않고 친구나 친
척들 만나고, 같이 여행이나 하면서 아름다운 추억이나 쌓을 걸
그랬다나요. 항상 후회는 나중에 하는 것임을 모를 리 없지만 사
랑하는 사람을 한사코 곁에 두고 싶은 올케의 마음이겠지요.

헐레벌떡 병원으로 향하는 발걸음은 그지없이 무거웠습니다.
여의도 한 종합병원의 회색빛 건물은 무거운 내 마음을 한층 우
울하게 했습니다. 한창나이라는 사십대에 일터가 아닌 병실에서
오랜 시간을 보낸 동생이 한없이 측은했습니다. 얽히고설킨 내
마음처럼 12층에 자리한 병실을 찾아가는 과정은 미로 찾기와 같
았습니다.

하지만 면회를 거부당했습니다. 위급한 상태도 상태거니와 동
생의 꼿꼿한 자존심은 추한 모습을 보이고 싶지 않다는 이유였습
니다. 간밤에 통증이 심하여 신경이 극도로 날카로워진 동생은
나를 맞을 여유가 없었나 봅니다. 병원에 있을 땐 나쁜 균이 옮을

까봐 면회를 자제했고 골수이식을 받고 퇴원했을 땐 더욱 조심해야 한다기에 차일피일 했는데, 오늘 이렇게 면회를 거부당하고 보니 그가 한없이 가여우면서도 서운한 마음이 들었습니다. 어쩜 우리가 눈을 마주칠 수 있는 마지막 순간일지도 모르는데 겉모습이 무슨 소용이 있을까? 하는 생각이 들다가 움찔 놀랐습니다. 사경을 헤매고 있을 동생에게 한낱 나의 이기심이 부끄러웠기 때문이었습니다.

마지막으로 그를 본 기억을 더듬어보았습니다. 친척 결혼식에서 잠시 본 순간이 구름처럼 흩어집니다. 서글서글하고 활달한 성격에 능력까지 겸비하여 누구에게나 사랑과 인정을 받던 동생이었습니다.

큰아버지께서 결혼하여 팔년 만에 얻은 아들이었습니다. 군인이었던 아버지를 따라 이곳저곳 전학을 다니며 학교를 다녔지만 공부도 잘 했고 운동도 뛰어나게 잘했습니다. 어린 시절 명절 때나 자리를 함께 하면 유난히 똑똑하고 체격도 좋아 부러움 겸 시샘도 은연 중 했는데 이제 생각하니 모든 게 부질없었던 순간이었습니다.

학교 졸업 후, 선망의 대상인 S그룹에 입사하여 중견간부로 승진하기까지 얼마나 많은 사람들의 찬사를 받았는지 본인은 모를 겁니다. 똑똑하고 착한 아내까지 얻어 단란한 가정의 가장이 되었던 그에게 이렇게 큰 횡액이 찾아오리라곤 누가 생각이나 했겠습니까. 친구들이 앞장서서 헌혈증을 수도 없이 모아왔고, 부유한 처가에서는 돈 걱정 말고 사람 하나만 살려달라고 의사선생님께 간곡히 매달렸지만 그야말로 인명人命은 재천在天인가 봅니다. 아무리 우리가 안타까워해도 하늘나라에서 일벌레였던 그를 재목으로 쓸려고 작심한 듯했습니다.

병원을 다녀오고 불과 이틀 만에 그렇게 황망하게 떠나다니 도대체 믿어지지가 않습니다. 허기야 우리네 삶에서 인정되는 죽음이 대체 얼마나 되겠습니까만 그래도 그 성품과 능력이 아깝다는 생각이 드는 건 단지 혈육이라는 정리 때문만은 아니겠지요. 고령화시대로 접어들면서 건강을 지키는 온갖 비법과 영양식, 운동 등 별별 풍속도가 난무하는 가운데 그는 너무 빨리 우리 곁을 떠나 가버렸습니다. 이 삼복더위에 무엇이 그리도 바빴던지….

매미소리는 잠시도 쉬지 않고 가슴을 파고듭니다. 매미처럼 치열하게 한 여름을 살다간 동생의 절규인가 봅니다. 울지 않으면 보이지 않기 때문에 운다는 시詩처럼 올 여름은 온통 매미 울음소리로 매일매일 동생을 보는 듯합니다.

한사코 우리들의 옆에 붙어서 뜨겁게 우는 것임을, 내 모를 리 없지요.

내비게이션 양에게 길을 묻다

속초로 현장답사를 가는 날이다. 일을 핑계 삼아 지방으로 나들이를 나가는 건 보너스를 받는 기분이다. 더구나 바닷바람까지 쐴 수 있는 도시라 더욱 마음이 들떴다. 내비게이션에 목적지를 입력하고 출발을 재촉했다.

클랙슨을 울리며 도로를 질주하는 차, 상점에서 흘러나오는 노랫소리… 창문을 모두 내리니 외부와 단절된 작은 공간이 갑자기 다른 세상처럼 느껴졌다. 순간 분위기가 어색했다. 친구들과 떠나는 여행이 아니고 직업상 알게 된 사람들과 업무로 가는 일정이라 서먹할 수밖에. 우리는 서로 멋쩍은 표정으로 옅은 웃음을 짓고 있는데 낭랑하고 상냥한 아가씨의 음성이 차 속을 가득 메웠다.

'왼쪽 첫번째 차선을 이용하세요.' 운전자는 순순히 차선을 바꿨고 우리들은 모두 웃었다. 한참을 가자 또 멘트가 나왔다. '잠시 후 전방에 우회차로 진입입니다.' 운전자는 고분고분 그녀의 안내대로 운전대를 잡고 나아갔다. '시속 80키로 구간입니다' 우리는 저절로 계기판으로 눈이 갔고, '사고 다발 구간입니다.'라는 안내가 나올 때 긴장하기도 했다.

어색했던 차 속 분위기는 난데없이 끼어든 아가씨 덕에 금세 십년지기가 된 듯했다. 우리는 내비게이션 양의 상냥한 말소리에 일일이 대꾸를 하며 깔깔 웃었다. 갑자기 일행이 하나 더 늘어난 셈이 되어버렸다.

두심에 갇혀 있다 교외로 나오니 완전 다른 세상 같았다. 산야는 색이 다른 초록의 물감을 곳곳에 풀어놓았고 바람이라도 한 줄기 불어오면 여린 잎들은 온 몸을 흔들어대었다. 아무리 인간이 옷을 잘 차려입는다고 해도 어찌 자연과 견줄 수 있으랴. 탄성을 연발하며 한계령 중턱으로 오르자 차는 숨을 몰아쉬었다. 고도가 바뀐 탓인지 안개가 짙었다. 내비게이션 양의 말소리가 웅얼거리더니 기계가 멈춰버렸다. 일행 중 한 사람이 너스레를 떨었다.

"내비게이션 양도 안개 짙은 봉우리는 무서운 모양이지?" 우리는 한바탕 웃었고 안개 짙은 산길을 올라가는 게 내심 불안하기도 했다. 고민 없이 여기까지 왔는데 이젠 초행길을 스스로 찾아가야 하기에 모두가 긴장을 했다. 하지만 긴장감 또한 여정의 또 다른 길라잡이가 되어 무사히 목적지에 도착했다.

매도자가 내어놓은 땅은 우리의 기대에 미치지 못했고 막상 땅을 내어놓고 아쉬움이 많이 드는 기색이었다. 선조로부터 물려받아 잘 가꾸어왔는데 사정이 여의치 못하여 덜렁 내어놓고 보니 이래저래 마음이 편치 않은 모양이었다. 우리 역시 그의 뜻을 충분히 이해하여 손을 들고 나왔다.

언덕을 내려오며 나는 자꾸 뒤를 돌아봤다. 그의 처지가 내 처지나 진배없기 때문이었다. 나도 집을 넓히려고 시골집을 내어놓을까 하는 생각을 수도 없이 했다. 남편과 아들은 내켜하지 않았다. 남편은 그 집에서 나고 자랐기에 애착이 많았고, 아들은 경제적인 관점에서 파는 것을 거부했다. 이미 집 앞으로 도로가 나기로 결정되어 있는데 서둘러 팔 필요가 어디 있느냐며 제법 따지고 들었다. 이도저도 못하고 엉거주춤하고 있는 상황이라 남의 일 같지 않았다.

차에 오르니 '오른 쪽 커브에 조심하세요.' 라며 내비게이션 양이 또 안내를 시작했다. 인공위성으로 자동차 위치를 내다보며 도로사정을 알려주는 내비게이션처럼, 내 인생에도 이런 시스템이 가동된다면 얼마나 좋을까 하는 생각이 퍼뜩 들었다. 고민과 갈등 없이 최선의 결정을 내리는 장치. 이것이야말로 최첨단 자동시스템 아닌가.

하지만 내가 가야할 모든 길을 위에서 내려다보고 결정을 해준다면 과연 사는 맛과 멋이 날까. 어차피 인생은 미완성이라는데 가다 넘어지고, 일어서면서 완성으로 향해간다. 땅에 넘어진 자

땅 짚고 일어나듯이 그렇게 살아가는 게 삶이리라.

　결정을 내리고 선택을 하는 순간부터 책임이라는 다른 이름이 우리를 옥죄어온다. 그 책임으로부터 자유롭고 싶기에 때론 내비게이션과 같은 기기를 부러워하는지도 모른다.

　며칠 후, 우리 가족은 시골집 문제를 놓고 최선의 선택을 했다. ‘누이 좋고 매부 좋은’ 격으로 집은 팔지 않고 대신 창고를 지어서 임대하기로 결정했다. 남편은 고향을 잃지 않고 아들은 장기적인 안목으로 경제를 배우고, 나는 부실한 가계수입에 도움이 될 것 같아 흔쾌히 응했다. 이 선택에 따른 책임은 누구 탓도 아닌 각자의 몫이라고 다짐을 하면서.

　내비게이션은 단지 초행길에서만 환영받을 뿐이라면 지나친 폄하인가.

돈의 노예

출출한 오후, 지인이 귤을 한 아름 들고 사무실로 들어섰다. 오래 전 그의 집을 매매해 준 일이 계기가 되어 종종 들른다. 고향이 제주라 그런지 그가 들고 오는 귤에는 달콤·새콤한 맛에 바닷바람 한줌까지 따라와 사무실의 분위기를 바꿔놓는다. 이렇게 일로 알게 되어 때론 간식도 갖고 오고 안부도 묻는 사이가 될 때는 보람도 느낀다. 하지만 매번 그런 것만은 아니다. 현금이 오고가는 현장이라 이곳만큼 사람의 심성이 적나라하게 드러나는 데도 없지 싶다.

"사모님 집이 몇 채 있어요?" 그러면 사모님 눈을 살포시 내리깔고 손가락 두 개를 펼쳐 보인다. 또 금방이라도 고가아파트를 살 것처럼 일을 시켜 놓고 거짓전화번호 적어주고 가는 사람, 파는 사람과 사는 사람이 서로 양보하고 협조를 하여야 됨에도 불구하고 믿을 수 없다고, 기분 나쁘다고 한치의 양보도 하지 않으려고 기싸움 하는 등등 부동산사무실에서는 별일도 많다.

부동산 사무실을 연 지 얼마 안 되어 주택매매 건이 있었다. 매도인이 양도세를 덜 내려고 거래확인서에 금액을 적지 않고 도장을 받아 가려고 했다. 나는 투철한(?) 직업의식에 그 사람의 편법에 브레이크를 걸었다. 우격다짐 끝에 금액을 적고 보냈다. 매도인이 세금을 회피하면 다음 매수인에게 세금이 전가되기 때문이다. 며칠 후, 그 사람은 사무실로 와서 나에게 갖은 포악을 부렸다. 나 때문에 양도세를 많이 내었다는 이유로.

양도세(양도소득세)란 팔 때의 금액, 즉 양도하는 금액에서 취득했을 때의 금액과 그 밖의 세금을 제한 양도차액에 대해 내는 세금이다. 당연히 자신의 자산에서 불어난 이득에 대한 세금인데 나의 과실로 몰아가는 언행은 어불성설이었다.

너무 어이 없이 당한 일이라 나는 몸져 눕기까지 했다. 나보다 한참 어린 사람에게 당한 수모라 진정하기도 어려웠고, 이 삭막한 현장에서 내가 견딜 수 있을까 하는 자책에 한동안 마음 다스리기가 어려웠다. 지금 같았으면 한 귀로 흘려버렸을 테지만 그때는 새내기라 상처를 많이 받았다.

요즘 집값이 고층빌딩처럼 치솟자 다주택자들은 온갖 편법을 동원하여 양도세를 피하려고 한다. 한 사례가 위장이혼이다. 부부간의 믿음이 문서나 서류는 한낱 형식에 불과하다고 여길지라도 조세의 의무를 저버릴 만큼 물신의 성체가 견고해야 하는 걸까. 불로소득으로 얻은 이익이니 양도세를 좀 내면 어떠랴 싶다. 하지만 엄청난 금액을 세금으로 내는 사람들의 입장에선 빼앗기는 기분이 들겠다는 마음도 이해가 간다.

아직 우리 사회는 성실한 납세자가 대우를 받는 세상이기보다는 탈세자가 의기양양하고, 조세저항운동을 벌이는 이들이 똑똑한 사람으로 대접을 받고 있다고 해도 지나친 말이 아니다. 국민의 혈세라는 세금이 투명하게 적재적소에 쓰이지 못하고 '눈먼 돈'이 되어버리는 걸 안타깝게 생각해서 사람들은 '세금폭탄'이라는 말까지 서슴지 않을까. 세태를 긍정적으로 바라 볼 뿐이다.

돈이 오가는 현장에서 보면 돈을 운용하는 사람과 돈을 쫓아다니는 사람의 부류가 있어서 돈이 많고 적음보다 돈을 얼마나 잘 활용하는지에 관심이 간다. 돈 운용을 잘하는 사람은 품격이 느껴지고 돈을 쫓아다니는 사람은 마음을 황폐하게 만든다.

돈이란 음식에 들어가는 소금과 같이 인생의 조미료이다. 적당히 간을 내는 역할만 하면 되는 데 사람들은 소금을 독째로 갖다 부어 몸을 상하게 하고, 돈의 노예가 되어 웃고 울고 한다. 그럼에도 불구하고 나는 돈의 노예들이 득실거리는 부동산의 동산에서 거간꾼 노릇을 하기 위해 오늘도 출근을 한다.

약간의 소금을 구하기 위하여….

송유순

radnfanwrd@hanmail.net

가을 깊은 강산에서

잉여인간

지하도에서

일터는 사회와 소통의 장이다.
사람들과 대면하면서 느끼는 기쁨은
일을 하게 하는 추동력이 될 수 있다.
노숙자 생활을 벗어날 수 있는
가장 빠른 길은 일하는 것이라고
간단히 말할 수 있다면
참 좋은 세상일 것이다.

가을 깊은 강산에서

　내가 사는 송정동엔 4km의 둑방길이 있다. 그곳은 하루 종일 사람들이 오고 간다. 대부분 운동하는 사람들인데 나도 그중 한 사람이다. 둑방의 경치는 폭우나 폭설이 퍼붓지 않는 한 1년 내 나를 부른다. 계절에 따라 길 양 편의 철제 담을 덮은 개나리와 넝쿨 장미의 유혹을 외면할 수가 없다. 길게 펼쳐진 벚나무에 꽃이 만개했을 때도 아름답지만 벚꽃이 봄바람에 날리어 낙화하는 장관은 마치 예쁜 처녀들이 소리 내어 웃는 듯하다. 가을이 깊어지고 은행나무가 노랗게 물든 제 잎을 힘겹게 떨쳐낼 때는 잠시 걸음을 멈추고 하늘을 올려다본다. 높은 은행나무 사이로 보이는 가을 하늘은 어찌 그리 파란지.

　아름다운 경치를 보면 복닥거리는 내 일상이 싱겁게 느껴진다. 몇 년 전 가을, 남편의 강압에 못이겨 함께 설악산 여행에 나섰다. 형제 많은 가난한 집 맏며느리가 겪는 뻔한 일로 남편과 냉전 중이었기에 여행 제의가 내키지 않았다. 오래 전부터 친하게 지내온 남편의 옛 직장 동료 내외와 함께 간다고 했다. 그 부부라면 내 화를 진화시킬 확실한 소방관이라고 여긴 남편의 의도를 알면서도 따라 나섰다. 절대 화해하지 않겠다는 하나 마나한 다짐이 그렇게 무너진 셈이었다.

새벽에 출발한 탓에 도심을 벗어나 휴게소까지 다다라도 어둠이 걷히지 않았다. 친구 부인은 언제 준비했는지 간단한 도시락과 커피를 내놓았다. 식사를 나누면서 내가 시댁 친척들한테 수없이 들었던 레퍼토리를 반복했다. 많이 속상하겠지만 그냥 넘어가라고, 아들이 둘이나 있지 않느냐, 걔네들도 훗날 누구든 어려움을 당하면 서로 돕지 않겠느냐는 식의 위로였다.

친구 부인의 괜한 수고였다. 나는 이미 집을 나와 남편 친구 내외와 동승하자마자 조금씩 들뜨기 시작했다. 내 기분을 세 사람에게 들키지 않으려고 계속 마른침만 삼키면서 그들의 말에 끄덕이며 미소로만 답했다. 그러나 원주를 지나고 진부에 진입하면서 더 이상 참을 수 없었다. 오, 설악! 젊어서부터 설악산을 많이 왔었지만 이런 산은 처음이야, 이렇게 단풍이 절정일 때 오다니 참 행운이네 하며 감탄사를 연발했다. 모두 차에서 내렸다.

내 눈에 비친 저 가을 산을 표현할 적절한 말을 찾을 수 없었다. 아니, 필요 없었다. 산을 향해 숨을 내쉬는 순간 물이 스펀지에 스며들듯 산은 내 가슴으로 소리 없이 빨려 들어왔다. 큰 산을

아무도 모르는 시작

가슴에 담은 나는 남편을 쳐다보며 한번 안아보지 않겠냐고 했다. 순간 남편의 얼굴에 단풍이 들었다. 나를 안으면 단풍 물이 뚝뚝 떨어질 거라고 크게 웃자 모두 따라 웃었다.

내 기분이 좋아보이자 목적 달성을 한 세 사람은 이제 빨리 바닷가의 어느 횟집으로 가느냐가 관심사였다. 일부러 그런 건 아닌데 산을 다 내려오자 나는 다시 침묵했다. 왠지 바다에 가고 싶지 않았다. 온통 산의 정기를 받은 상태지만 이대로 횟집에 앉게 되면 다시 바다에 취할 수밖에 없을 것 같았다. 바다보다는 가을 깊은 강이 흐르는 곳에 가고 싶다고 작은 소리로 중얼거렸다. 아무도 반대하지 않았다. 내색을 않으니 그들의 속마음이 섭섭했다 해도 상관 않기로 했다.

막연히 강이라고 말했지만 가고 싶은 곳이 생각난 건 아니었다. 내가 머뭇거리자 강원도 정선이 고향인 친구 부인이 아직 시간도 넉넉하니 정선에 가자고 했다. 아우라지강에 가서 정선의 별미 곤드레 나물밥을 먹는 게 어떻겠냐고 했다. 아우라지강이라는 말이 나오자마자 나는 오랫동안 꼭 한번 가보기를 원했던 것처럼 고개까지 숙이는 흉내를 냈다.

오래 전 단편소설 '아우라지강'을 읽었다. 책의 표제도 아니었고 단편 모음집의 맨 마지막에 실려 있던 작품이었다. 드문드문 생각나는 건 삼십대 중반의 남자가 여행 중에 정선에 잠시 머물렀다. 아우라지강 주변의 민박에 묵은 남자는 주인 할머니로부터 건넌방에 젊은 여인이 들었는데 이틀째 밖에 나오는 것을 보지 못했다는 말을 듣는다. 땅거미가 질 무렵 남자는 맨몸으로 대문을 나가는 여인을 무의식적으로 따라 나선다. 여인은 아우라지강의 섶다리 가장자리에 오도카니 앉았다. 마치 전설 속의 여인처럼. 돌아온다 말하고 뗏목 타고 아우라지강을 건너 떠난 님 을 기다리고 기다리던 처녀는 그대로 조금씩 몸이 작아지다가 흔적조차 없어졌다고 했다. 그 후 아우라지강에서 무슨 소리가 났는데 그것이 처녀의 한을 담은 정선 아리랑의 유래라고 한다. 남자는 조형물처럼 앉아 있는 저 여인도, 떠난 정인을 기다리는 것일지도 모른다는 상상을 한다.

아우라지강이 보이는 공원 근처에서 처음 맛보는 곤드레 나물밥은 담백했다. 숭늉을 마시는데 세상에, 눈이 내리고 있었다. 식당 벽에는 아직 시월 달력이 걸려 있었다.

야트막해도 사방이 온통 산으로 둘려 싸인 곳에 아우라지강은 숨죽이듯 고요했고 섶다리는 순백을 띠고 있었다. 전설 속의 처녀와 책 속의 여인이 나타날 것 같았다. 아니, 마음으로 이미 만나고 있었다. 바라만 보고 강으로 내려가지 않았던 건 길이 미끄러워서가 아니었다. 상경 길이 바빠서도 아니었다. 그녀들을 방해하고 싶지 않았다는 말이 더 맞겠다.

차 안을 둘러보았다. 세상 어느 곳에 있어도 내가 부르면 한 걸음에 달려와 줄 남편의 옆모습이 고단해 보였다. 여행 중에도 긴장을 늦추지 않고 내 언행을 주시하던 친구 부부도 감사할 따름이었다.

어디쯤이었는지 모른다. 평창이었을까 원주였을까. 국도를 달리는 내 눈앞에 펼쳐진 또 다른 진풍경은 현실이 아닌 것 같았다. 창조주는 단풍으로 곱게 물든 산이 그래도 1프로 부족하다는 생각이었을까, 산꼭대기에 한 뼘쯤 남아있는 햇살아래 단풍잎은 제 두께만큼의 흰 눈을 받쳐 들고 사르르 떨고 있었다. 마치 그 해 가을 여행의 피날레를 장식하는 것 같았다.

남편의 귀 밑에서 목줄기까지 패인 주름이 깊어보였다. 거대하고 아름다운 자연 경관 앞에 내 존재는 그저 움직이는 생물 중의 하나였다. 내가 움켜쥐고 싶어 안달복달 난리를 부렸던 것들의 의미가 작아져버렸다. 백 년도 못사는 인생끼리 얽히고설키어 서로 욕심을 채우고자 복닥거리는 놀이가 한낱 소꿉장난에 불과한 것 같았다.

내 표정은 지난 일은 그만 잊어버리자고, 내가 속이 좁아서 미안하다고 말하고 있었다.

잉여인간

상류층 사람들이 추구하는 삶의 가치는 무엇일까.

그들마저 배우자 선택에 있어 일 순위가 재력이라면 참 살 맛 안 나는 세상이다. 상류층이라기보다 부유층이라는 말이 더 어울릴 것 같은 사십 대 후반의 어떤 남자를 알고 있다. 딱 한 번 보았다는 말이 더 맞겠다. 그는 작년 나라 안을 온통 떠들썩하게 했던 일(바다 이야기)과 관계되어 아직 교도소에 수감 중이다. 그가 돈에 강한 집착을 보인 건 재력가 여자와 결혼하고부터였다는 말도 들었다.

내가 결혼할 때부터 지금까지 시댁 동네서 유일하게 친하게 지낸 옆집 아주머니가 있다. 오래 전 그녀는 부유층 여인들에게 외제품을 파는 소위 '깡통장사'였다. 이십여 년 전 일이지만 지금도 그날이 생생하다. 그녀의 단골 고객이 고급 양탄자를 주문했는데 함께 가서 좀 도와달라고 했다. 그녀는 그집 주인과 가까운 친척이 되지만 그냥 고객일 뿐, 생활 방식이 달라 별로 친한 사이는 아니라고 했다. 무료하던 차에 다섯 살·세 살의 두 아이까지 데리고 부유층 집 구경에 나섰다.

대문에서부터 언덕처럼 생긴 S자 마당을 지나 외형이 유럽풍의 성처럼 보이는 집 현관에 들어설 때까지 내 입은 다물어질 줄 몰랐다. 내가 사는 집에서 그리 멀지 않은 아차산 입구에 그렇듯 근사하게 지은 집이 있다는 게 신기했다. 집안 거실의 중앙 벽에 걸려 있는 큰 액자 안에는 풍채 좋은 오십대 남자가 머리 벗겨진 대통령과 활짝 웃고 있었다.

마당을 나오면서 저만치 젊은 남자를 보았다. 시간이 오후 3시쯤이었는데 체격이 우람한 남자가 정원의 나무 의자에 앉아 담배를 피우고 있었다. 나는 첫눈에 그 남자가 집주인의 아들임을 알았다. 좋은 환경에서 태어났고 명문대를 나왔고 외국 유학까지 다녀왔지만 이상하게 사회에 적응하지 못한 남자라고 들었다. 내가 본 그 남자의 첫인상은 권태에 젖어 방탕한 생활을 즐기는 재벌 2세의 전형 같았다.

그녀가 먼저 알은 체를 해도 남자는 앉은 채 대꾸 없이 고개만 치켜올릴 뿐 얼굴에 조소를 머금고 있었다. 그러면서도 헌 양탄자가 들어 있어 묵직한 그녀의 가방을 빠르게 훑어보는 게 아닌가. 더 어처구니없는 건 내 아이들이 갖고 있던 비치볼이 의자 밑으로 굴러 가자 멀리 툭 차버리는 것이었다. 나는 심한 모욕감에 얼굴까지 붉어졌다. 어떻게 대문을 빠져나왔는지 모를 정도였다. 어린이를 대하는 마음을 보니 큰사람 되기는 틀렸다고 그리고 건방진 자식이라고, 몇 년 만에 보는 제 당고모를 대하는 태도가 너무 불손하다고, 혼자 잘났지만 아무 짝에도 쓸모없는 놈팡이라고 욕해주지 못한 내 자신에게 화가 났다.

그날 이후 가끔 그녀를 만나면 그 집안이 아직 건재하냐고 묻곤 했었다. 상류사회의 사교계를 드나들며 호화로운 일상성에서 벗어나지 못한 아들 때문에 회사도 가정도 위기를 맞고 있을지 모른다고 생각했기 때문이었다.

회사는 충무로에서 강남으로 확장 이전했지만 하나 뿐인 아들이 서른이 훨씬 넘었는데 결혼을 하지 않아 부모가 걱정한다고 했다. 겉보기에는 화려하지만 정신적으로 병들어 있는 남자라면 감각적인 사랑에나 몰두할 뿐 진정한 애정과 열정이 없을 거라고 생각했다. 그렇게 단정해 버리자 이상하게 묵은 체증이 확 풀리는 것 같았다. 오락과 사치를 즐기는 오만한 반항아는 수출을 많이 해서 동탑 훈장까지 받은 부친의 사업에는 한 번도 관심을 보이지 않았다고 했다.

내가 시집에서 분가를 했다가 3년 전 다시 들어왔어도 그녀는 여전히 옆집에 살고 있었다. 자연스럽게 그 남자 근황을 듣게 되었다. 그 남자가 권력과 결탁해서 도박 사업에 얽혀들었다는 사실이 왠지 믿기 어려웠다. 여유자적 궁궐 같은 집 마당 의자에 앉아 방문객을 조소하던 그 남자도 탐욕이 있었다는 게 조금은 놀라웠다. 한때 무료함과 권태에 젖어 살았지만 그 부친을 닮았다면 언젠가는 야심찬 사업가로 거듭 태어날 거라고 기대하던 그녀였다. 그녀는 그가 교도소까지 가게 된 모든 책임이 재력가 부인한테 있다고 여겼다. 세상살이가 무의미하다는 둥 개인주의자처럼 혼자 방황도 했지만 돈 때문에 죄 지을 사람이 아니라고 했다. 재력가 부인이 그를 돈의 노예로 만들어버렸다는 그녀의 변명은 내게 설득력이 없었다.

그 남자에겐 인간의 최소한의 도덕적 양심도 없었던 것이다. 젊은이들의 정신을 갉아먹는 오락실이 현란한 간판을 내걸고 곳곳에 성행하는 걸 보고 큰일이라고 걱정했었다. 상류사회의 일상성에서 그렇게 저급한 방법으로 돈을 더 벌어야 했을까 하는 점은 아직도 이해되지 않는다.

게임과 현실을 분간 못한 채 끔직한 범죄를 저지르고도 전혀 가책을 느끼지 못하는 청소년들을 보고 분노한 적이 있다. 또 도박으로 전 재산을 탕진하고 스스로 목숨을 끊는 사람을 보고 참 한심하다는 생각도 했다. 게임이고 도박이고 중독성이 강해 한번 빠지면 헤어나지 못한 채 정신이 돌아버린 경우는 주변 사람을 절망에 빠뜨린다. 도박에 중독된 사람은 마치 카오스에서 질서의 법칙을 찾고 싶은 것처럼 비예측성의 비밀을 알아내고자 발버둥친다. 아무리 몸부림쳐도 절대 목적 달성을 할 수 없다는 걸 왜 모르는지 안타깝다.

욕망의 끝이 파멸이라고 했으니 교도소에 수감 중인 그 남자

인생이 이제 끝났다고 약간의 동정심이 일었는데 그건 내 성급한 판단이었다. 지금은 비록 교도소에 영어의 몸이지만 재산이 축난 건 아니라고 했다. 그 남자의 재력가 아내는 올해 안에 풀려나올 남편을 위해 벌써 더 크고 화려한 도박장을 준비 중이라는 것이다.

주변에서 그 남자가 파멸하지 않았다고 한 건 어떻게 매듭지었는지 재산상의 손해가 없다는 것인데 나는 그렇게 생각하지 않는다. 인간성을 상실하게 되면 그것이야말로 자기 파멸이 아닐는지.

지하도에서

지하도를 건널 때는 왠지 걸음이 빨라진다. 가끔은 주변을 두리번거리기도 한다. 전철이 대중화되면서 땅과 지하의 개념이 희미해진 후에도 여전한 걸 보면 이미 습관이 돼 버린 것 같다. 오래 전 동대문 지하도에서 겪었던 황당한 사건 때문일 것이다.

지하상가를 천천히 지나는데 부메랑인지 비행접시인지 이상한 플라스틱 물체가 내 머리를 치고 날아갔다. 저만치 얼굴에 땟국이 흐르고 입성이 허술해 보이는 초등학교 중간학년쯤의 사내아이와 눈이 마주쳤다. 첫눈에 소년 노숙자 같았다. 아이는 아무렇지도 않다는 듯 바닥에 떨어진 플라스틱 물체를 주워서 다시 무작위로 던지기를 반복했다. 조금 놀랐을 뿐 아프지 않았으니까 그냥 지나쳐도 될 것을, 오지랖 넓은 내가 아이한테 다가가서 애써 부드러운 말로 타일렀던 것이 화근이었다. 사내아이의 키와 몸집이 내 큰아들과 비슷했기 때문에 측은함에 더 지나칠 수 없었는지 모른다.

그 아이는 어른도 흉내낼 수 없는 무지막지한 욕설을 내게 퍼부으며 슬금슬금 뒷걸음을 쳤다. 더 기막힌 건 주변 상가 사람들이 나한테 잘난 척 말고 그냥 가라며 못마땅한 표정을 짓는 것이었다. 오물을 뒤집어 쓴 기분을 떨쳐내자면 상가 사람들 보는 앞에서 그 녀석을 붙잡아 머리통을 쥐어박는 시늉이라도 해야 할 것 같았다. 사내아이가 퍼붓는 욕은 내 살을 뚫고 들어와 정신까지 난도질했다. 이성이 마비되어 버린 내가 주변의 따가운 시선을 외면한 채 사내아이를 좇았다.

내가 좇아가면 그애는 저만큼 달아나면서 이번엔 욕을 바가지가 아닌 양동이로 퍼부어댔다. 지나는 행인들에게 진풍경을 연출하는 격이 되었다. 잡히지 않을 것 같은 그 아이는 밖으로 나가는 계단 입구에서 더 이상 달아나지 못했다. 계단 입구에서 나와 그놈은 동작을 멈추고 서로 노려보며 숨을 헐떡였다. 순간 나보다 더 빨리 사내아이를 낚아채는 손이 있었다. 그애의 어머니였다. 행색이 사내아이와 비슷한 여인은 내 존재를 싹 무시한 채 아들의 손목을 우악스럽게 쥐고 종종걸음을 쳤다. 멍하니 그 자리에 선 채로 나는 그녀석의 어머니로부터 함지박으로 퍼붓는 욕설을 또 들어야 했다.

보통의 아이들이라면 계단 밖으로 줄행랑쳤을 것이다. 어쩌면 그 아이는 한번도 밖의 세상을, 아니 햇빛을 보지 못했는지도 모른다. 밖으로 나가는 계단 입구에서 발을 떼지 못하고 나를 노려보던 그애의 눈빛은 잔뜩 겁에 질려있었다. 대부분의 아이들이 어둠을 무서워하듯 사내아이는 밝은 빛을 두려워하는 것 같았다.

내 큰아들 나이가 올해 스물다섯이니 그 녀석도 이제 청년이 되었을 것이다. 그 후 동대문 지하도가 대대적인 확장 공사를 벌여서 지금은 지하라고 믿기지 않을 정도로 구석구석 눈부시다. 동굴에만 서식하는 야행성 박쥐처럼 그들 모자는 생존을 위해 다시 어둠을 찾아 떠났을 수도 있다.

지구촌 어디에나 지하에 거주하는 노숙자가 많을 것이다. 노숙생활도 오래 하다 보면 그럭저럭 안주한다고 한다. 일본을 여행하고 돌아온 친구에 의하면 지하철역에 거주하는 노숙자들이 추레한 몰골로 잡지를 팔더라고 했다. 시사 뉴스나 취업정보 등으로 채워진 아주 얇은 책이었다고 한다. 한 기업가가 발간한 그 잡지의 판매 권한을 노숙자만 가질 수 있도록 제안하고 있다고 했다. 지하에서 떠도는 자에게 좋지 않은 기억이 있는 나는 그 발상에 관심이 갔다. 우리 현실은 정부와 시민 사회단체에서 노숙자 문제에 돈도 많이 쏟아 부었지만 별다른 해결책은 내놓지 못하고 있다. 무료 급식이나 의료서비스, 직업상담 등의 제공은 일회용일 뿐이다.

그때 그 사내아이가 아직도 지하생활에서 벗어나지 못하고 있다면 어떻게 살아가고 있을까. 우리도 어느 사회사업가가 청년이 된 사내에게 일을 제공한다면 자기가 거주하는 지하철역에서 열심히 일할 수 있을까. 그럴 수 있다면 이젠 밖의 세상을 두려워하지 않을 것도 같다. 혹시 일에 적응하지 못하고 다시 익숙한 구걸 생활로 돌아가는 건 아닐까. 언젠가 서울역에 거주하는 신체 건장한 노숙자들을 농촌 일손 돕기에 내보냈지만 결과는 신통치 않았다는 말을 들었다. 어린 시절부터 어쩔 수 없이 노숙자 신세가 됐지만 사회에서 내민 작은 관심이라도 성의 있게 받아드릴 자세라면 자활에 성공할 수 있다고 본다.

땅속에 숨어들어 사회의 무관심과 냉대만을 원망한다면 마음속엔 증오만 키울 뿐이다. 품은 증오의 끝이 사회에 어떤 파장을 일으킬지 무서운 일이다.

가난은 나라도 구제할 수 없다는데 어느 한 사회사업가가 노숙자들에게 일감을 제공한다고 해서 문제를 완전히 해결할 수는 없다. 그렇지만 정부나 사회단체에 노숙자 문제를 어떻게 풀어낼 수 있을 것인가에 대한 모델을 보여줄 수는 있지 않을까.

누구에게나 크든 작든 일터는 사회와 소통의 장이다. 사람들과 대면하면서 느끼는 기쁨은 일을 하게 하는 추동력이 될 수 있다. 노숙자 생활을 벗어날 수 있는 가장 빠른 길은 일하는 것이라고 간단히 말할 수 있다면 참 좋은 세상일 것이다.

이서애

lms0000@kycos.co.kr

참 잘 했어요

오직 한사람

이 아이들 각자는 그들만의 색채가 있고

그 색을 빛나게 하기 위해 지금 열심히 자라고 있다.

정말 아이들이 자라는 게 매일매일 보인다.

아주 사소한 생각이라도

"어쩜, 너는 이런 생각을 다 했느냐!" ……

훗날 보석으로 빛을 발할 아이들이기에

오늘도 나는 …

"참 잘 했어요"를 외친다.

참 잘 했어요

사교육 현장(개별적으로)에서 아이들을 지도한 지 십 년이 넘었다. 학습을 도와주는 선생 입장에서 아이들이 나아지고 있다는 확신이 들 때 그 만족감은 무엇과도 비교할 수가 없을 만큼 뿌듯하다.

요즘 아이들은 보고 들은 것이 많아서 좋게 말하면 야무지다고 할 수 있지만 꼬박꼬박 말대꾸를 하는 모습을 보면 되바라졌다고도 볼 수 있다.

최근에 복지관에서 저학년 대상으로 논술을 하게 되었다. 평소에는 개인적으로 하는 수업이 많고 그룹은 4명 정도 선에서 수업을 하고 있어서 10명 이상 하는 복지관 수업에 기대가 되었다.

첫날, 병아리 같은 1학년은 내 말은 들을 생각도 안하고 그저 "선생님"만 불러댔다. 전체적으로 설명을 자세히 하건만 여기저기에서 선생님을 부르는 바람에 정신이 없었다. 2학년은 그래도 여유를 보이면서 자기한테 오라며 옷자락을 잡아끈다. 나름대로 학교생활에 이력이 생겨서인지 아이들 목소리는 학년이 올라갈 수록 커졌다. 3학년은 그동안 했던 수업이라고 아예 합창으로 소리를 질러댔다.

산만해서 자리에 앉지를 못하고 돌아다니는 1학년 아이가 있는데 나중에는 아이들 모두가 일어나서 돌아다니고 싶어 했다. '사회 집단의 도덕과 사회적 행동은 개인의 도덕과 행동보다 현저하게 도덕성이 떨어지고 저하된다'는 니부어의 말이 실증되는 현장이다. 그런데 신통한 것은 누가 떠들고 수업에 방해가 되는지 아이들도 잘 알고 있으면서 같이 따라서 한다는 것이다.

학용품을 아깝게 생각 안하는 것은 오래전부터의 일이지만 서로가 나누어 써야 하는 물품에 대해서도 무관심했다. 안 가져온 친구에게 연필 좀 빌려주자고 해도 막무가내로 싫다고 머리를 흔든다.

나중에는 사랑을 듬뿍 담은 내 웃음과 손길로 칭찬을 받고서야 흔쾌히 연필을 내민다. 내가 생각해 낸 것은 "참 잘 했어요"라는 말이었다. 어떤 친구는 읽기를 잘해서, 또 다른 아이는 쓰기를 잘해서, 그리고 태도가 좋다고 동그라미를 그리며 "참 잘 했어요"를 해 주기 시작했는데……

읽기는 물론 쓰는 것도 싫어하고 모든 것에 관심이 없고 칠판 앞에 수시로 나와 낙서를 하는 2학년 아이가 있었다. 나는 아이를 쓰다듬고 정다운 목소리로 그 아이의 장점을 말하기 시작했다. 다음날, 아이가 땀을 비질비질 흘리면서 낑낑대며 문제를 풀었다. 땀을 닦아주고 너무 열심히 한다며 또 "참 잘 했어요"를 했다.

얄미울 정도로 당돌하고 버릇없는 3학년 아이에게는 특별히 상을 주었다. 그런데 수업이 끝나고 내가 다른 친구하고 이야기를 하고 있어 인사를 못 받은 모양이다. 가다가 다시 들어와서는 두 손을 모으고 안녕히 계시라고 한다. 너무나 공손한 태도였다. 본심은 참으로 예쁜 아이였다. 엄마의 기대치가 높아서 못한다고 야단만 맞은 아이일 수도 있고 그래서 억압된 마음을 그런 식으로 발산했는지도 모를 일이었다.

아이들이 예전과 달리 부족한 것 없이 사랑을 받고 있는 것 같아도 어른들이 사랑하는 방식이 버거웠을지도 모른다. 정말 자기를 인정하는 말 한 마디가 그리웠을 것이다.

지금은 내 마음을 안다는 듯이 눈길을 보내는 녀석들도 있고, 먼저 쓴 친구에게 못한 친구를 도와주라고 하면 어깨에 힘을 팍 주면서 어른스럽게 설명을 한다. 못하겠다고 소리 지르던 녀석들이 "이건 이렇게 쓰면 되는 거죠" 하면서 먼저 알아서 잘들 쓴다.

쑥스러워 하면서 다른 친구가 선생님을 좋아한다며 칠판에 이름을 쓰고 나보고 보란다. 먹을 것을 가져오는 경우 혼자만 먹던 녀석이 나를 보며 씩 웃더니 친구들에게 나누어 준다. 선생님 주려고 사 왔다며 초콜릿을 살며시 내미는 아이도 있다.

　가르치는 과목이 독서 논술이다 보니 나름대로는 아이들의 인성(人性)에 신경을 많이 쓰는 편이다. 이 아이들 각자는 그들만의 색채가 있고 그 색을 빛나게 하기 위해 지금 열심히 자라고 있기 때문이다. 그런데 자세히 보면 정말 아이들이 자라는 게 매일매일 보인다. 아주 사소한 생각이라도 "어쩜, 너는 이런 생각을 다 했느냐"며 추어주면 으쓱해 한다.

　훗날 보석으로 빛을 발할 아이들이기에 오늘도 나는 한 명 한 명에게 "참 잘 했어요"를 외친다.

오직 한사람

친정에서 할머니 제사가 있었다.

참석을 못하고 이튿날 가서 어머니가 싸주는 식혜와 들기름을 챙겨서 왔다. 집에 도착하자 바로 전화벨이 울렸다. 금방 버스를 탔냐며 무언가 빠진 것 같아 찾아보니 떡을 잊었다고 했다. 떡을 들고 뛰었는데 한발 늦어 딸이 보이지 않았다는 것이다. 날이 밝는 대로 갈 테니 지하철역으로 나오란다. 귀찮은 마음에 괜찮다고 하니 떡이 맛있단다. 엄마가 직접 했냐니까 그렇단다. 떡 좋아하는 큰딸 먹이려는 그 마음을 모른 척 할 수 없어 내일 새벽 만날 것을 약속하고 수화기를 내려놓았다.

다음날 일찍 눈을 떴다. 행여 전화소리를 놓칠세라 눈을 비비며 기다렸다. 지하철을 탔으니 시간 맞게 나오라고 에구, 그 놈의 떡이 뭐고, 어머니의 자식 사랑이 뭔지, 그 사랑 받자고 비틀

거리며 나가는 이 딸자식은 또 뭔가. 새벽 찬바람이 옷을 파고들었다. 지하철 멈추는 소리가 들리고 이내 어머니의 모습이 보인다. 아직 굳지 않았다며 품에 쌌던 떡을 내민다.

모든 사람들이 다 그렇겠지만 우리 모녀는 헤어질 때 약하다. 서로가 보내질 못하고 갈 때까지 뒤돌아보고 쳐다보며 손을 흔들곤 하는데 오늘도 예외가 아니다. 역을 나와 창문을 올려다보니 나를 보며 손을 흔들고 있다. 나 참, 발길이 떨어지질 않는다. 어여 가라는 어머니의 손길을 뒤로 하며 걸어오는데 딸 먹이겠다고 새벽잠을 설쳤을 것을 생각하니 갑자기 목으로 뜨거운 것이 올라왔다.

만약 어머니가 먼 길을 떠나신다면 우리는 두 번 다시 이런 인사를 나누지 못할 것 아닌가. 나는 한동안 서서 멀어진 어머니의 모습을 오래도록 쳐다보았다.

올 여름에도 어머니는 내게 갖가지 야채를 배달해 주었다. 옥상 텃밭에서 거두는 푸성귀를 뜯어서 가져오신다. 깨소금도 볶아서 오신다. 우거지를 삶아 오시고 호박이 익어서 하나 땄다며 맛보라고 제일 먼저 선보인다. 내가 집에 없으면 오며 가며 시간 될 때 중간 지하철역에서 만날 약속을 하고 모녀는 또 상봉을 하는 것이다. 까짓 돈으로 치면 몇 푼 된다고 그냥 사서 먹는 게 낫지 싶어 안 받고 싶을 때도 있다. 그리고 농담으로 돈 가져가라고 부르면 좋아서 매일 올 걸 할 때도 있다. 하지만 딸이 피곤하다는 것을 알면서도 부를 때는 어머니가 주는 그것이 돈보다 더 값진 사랑임을 안다. 그래서 우린 바로 헤어지지 못하고 서서 이야기를 나누고 또 힘든 작별을 한다. 서로의 모습이 보이지 않을 때까지 고개를 빼서 얼굴을 찾고 손을 흔든다.

내가 친정집에 갔다 올 때도 어머니는 골목길까지 따라 나오고 계속 잘 가라며 손을 흔든다. 우리 집에 오셨다 갈 때도 마찬가지다. 내려가는 모습을 따라 안 보일 때까지 나도 엄마를 부르며 배웅을 한다.

모르는 이가 본다면 아주 오랜만의 만남인 줄 알겠지만 친정과는 한 시간 정도 거리로 가까이 살고 있어 그리 애틋할 까닭이 없다. 그런데도 며칠만 연락이 없으면 별일 없냐며 찾으신다. 늦은 점심 먹으러 들르면 때 맞춰 따뜻한 밥 해 놓고 본인도 안 드시고 기다린다. 어떨 때는 커피도 같이 마시려고 여태 참았다며 어린아이처럼 좋아한다. 한번은 점심 때 가겠다고 했다가 급한 일이 생겨 저녁 늦게 도착했는데 나랑 먹으려고 점심을 굶으셨단다. 자식 사랑하는 껍데기 앞에 나는 할 말이 없다.

젊어서 힘든 일을 많이 하고 고생한 어머니가 노후에도 편히 쉬지 못하는 것이 내 잘못인 것 같아 당신이 아프다는 말만 하면 외면하는 딸인데…… 나도 늙느라 앉았다 일어나면 뼈마디가 우두둑거린다고 엉뚱한 소리만 하는 큰딸인데…… 세상에 어느 누가 나에게 이토록 애틋한 사랑을 주겠는가.

마음속으로는 언제나 효도孝道를 해야지 외치면서 마치 그 효라는 것을 때가 되어야 하는 것으로 잘못 생각한 것 같다. 그리고 돈을 핑계로 효도를 자꾸만 미루고 있었던 것 같아 부끄럽다.

공자님은 어김이 없는 것이 효라 했는데 그것은 도리道理에 위배되지 않음을 말한 것이다. 호씨(胡寅)는 분수에 할 수 있는데도 하지 않는 것과 분수에 할 수 없는데도 하는 것이 똑같이 불효가 된다 했다. 또한 예로부터 효자는 위태로운 담장 밑에 서지 않는다 했으니 비록 효자는 못 될지라도 앞으로는 내가 하는 행동에 더 분별이 있어야겠다.

어머니께 살갑게 전화해서 커피 데이트 신청하고 눈부신 웃음으로 반짝 하고 나타나 당신의 첫 작품인 이 알맹이를 자주 보여주는 수밖에.

박상분

taegabs@hanmail.net

마음이 허한 아이

자화상

편견

늙으면 무작정 자연과 함께 라고만 외쳐 왔지
문명이 발산하는 에너지가 사람에게
생동감을 불러일으킬 수 있다는 생각은 못했다.
도회지에 산다는 이유만으로
일상이 무료할 수밖에 없을 거라 여기며
연로한 이웃들에게 연민을 품곤 했었다. 노소를 막론하고
우리네 삶이 사람들과의 부대낌 속에서
더 역동적이지 않던가.

마음이 허한 아이

일본에서 오십 대 남자가 굶어 죽었다는 뉴스가 TV에서 흘러 나왔다.

경제대국에 절대빈곤층이 존재한다는 사실조차 납득하기가 쉽지 않은데 굶주려서 죽기까지 하다니, 자국민들은 어떻게 받아들일까. 몸이 불편한 사람도 노동으로 먹고 살라는 그 나라의 복지 정책이 초래한 사건이라니 너무 가혹하지 않는가.

25일 동안을 아무것도 먹지 못했다고 한다. 세계 언론들의 화젯거리가 될 만큼 처절한 죽음이다. 배를 곯아 죽음의 문턱을 넘기까지 겪었을 치명적 허기가 끔찍스럽다. 그런 육체적 고통과는 비교할 수 없지만 지난여름 몽골 여행에서 만난 한 아이가 오랫동안 내 가슴에 남는다.

몽골은 국토의 약 4/5가 기복이 완만한 초원으로 이루어져 있다. 목초지가 좋아 몽골인들은 수백 년 동안 가축을 키우는 유목생활을 해왔다. 오늘날에는 정부의 권장에 따라 도시로의 이주가 늘고 있지만 아직도 유목민이 전체 인구의 1/3이나 된다.

몽골 여행을 계획하면서부터 자연히 유목민과 함께 그들의 전통가옥인 게르에 대한 호기심이 컸다. 분해하거나 조립하는 데 세 시간이면 충분한 게르는 유목민이 거주하는 최소한의 주거공간인 천막이다. 감명 깊게 봤던 영화 '징기스칸'의 촬영지에도 크고 작은 게르들만 운집해 있었다. 수도인 울란바토르에서도 큰 건물이나 아파트 주변 곳곳에서 게르의 허연 지붕을 볼 수 있어, 빈부의 공존이 후진국일수록 더 표면화된다는 생각이 들었다.

테레지 국립공원내 게르에서의 1박이 몽골여행의 하이라이트였던 셈이다. 세계 자연문화유산으로 지정된 명소답게 기암괴석으로 이루어진 산과 대초원의 조화로 자연경관이 수려한 곳이었다. 초입부터 작은 마을처럼 군데군데 게르를 여러 채씩 지어놓고 관광객의 체험장이자 숙소로 사용하고 있었다. 1m가 넘는 원통형 벽과 둥근 지붕으로 되어 있어 기온이 영하40도까지 내려가는 겨울에 바람의 저항이 적다고 한다.

이른 아침 산책길에 우연히 원주민이 살고 있는 게르를 만나게 되었다. 관광객의 용도가 아닌 실제 게르에 사는 유목민의 생활상을 볼 기회였다. 여러 가족이 집단으로 일 년에 두어 차례 이동하며 살아가는 유목민들은 정규적인 학교교육도 받는다고 한다. 국립공원내의 게르는 거의 영업용이고 간혹 남아 있는 원주민은 형편없이 낙후된 생활을 하는 모습이었다.

안에는 허름한 가재도구가 몇 가지 널려 있고 바깥에 심어놓은 야채는 시들시들 땅을 기고 있었다. 연간 강수량이 200mm밖에 되지 않으니 여름철 풀이 10센티도 못 자라 광활한 초원이 황량하게 보이는 곳이다. 먹거리인들 제대로 키울 수가 있겠는가.

벽쪽에 붙어 있는 침대엔 아버지인 듯 남자가 단잠에 빠져 있고 출입문 밖 찌그러진 의자에 예닐곱 살쯤 돼 보이는 남자아이가 멍하니 앉아 있었다. 그 아이의 흐릿한 눈빛에 내 눈이 멎었다. 이웃도 없는 외딴 천막에 까맣게 마른 아버지와 아이, 그늘 한 점 없이 내리쬐는 햇빛 아래 아이는 눈을 찡그린 체 석고상처럼 앉아 있지 않는가. 그애가 온종일 시간을 죽일 만한 소일거리가 무엇이 있을까. 가뭇없이 넓은 초원에 따가운 햇살만 이글거릴 뿐 나무막대기 하나 굴러다니지 않는 곳이니.

전날 밤 우리는 북극성 북두칠성을 찾고, 하얀 실로 얽어진 은하수 사이로 포물선을 그리며 달아나는 별똥별을 좇느라 밤이 이슥하도록 환호성을 질러댔다. 우리에겐 청정지역의 진수를 맛보는 체험이지만 그 아이 눈에야 밤하늘에 펼쳐지는 그림일 뿐 날마다 무슨 호기심이 일겠는가. 말 못하는 양떼들을 친구 삼아 놀 수 있을까. 아이에게 심심풀이가 될 만한 놀잇감도 궁하지만 함께 뒹굴 동무가 더 절실해 보였다.

일제하 한국 농촌의 피폐상을 적나라하게 묘사한 어느 작품에, 하루 종일 완구 하나 없이 심심한 아이들의 권태로운 놀이 장면

이 나온다. 돌로 풀을 찧다 지루해지면 두 팔을 쳐들고 하늘을 향해 비명을 지른다. 그것도 싱거워지자 도로에 나란히 앉아 똥 누기 시합을 하는데, 작가는 그마저 아이들의 최후의 창작유희라고 희화화해서 슬픈 웃음을 자아내게 한다. 똥 누기 대회도 혼자 할 수 없는 노릇 아닌가.

가는 곳곳마다 1달러를 구걸하는 아이들이 여간 성가시지 않은, 지난해 캄보디아 여행 때였다. 유적지 입구에 차를 들이밀기 무섭게 벌떼처럼 달려드는 아이들 때문에 한 곳에선 관광을 포기하는 사태까지 빚어졌다. 새까만 얼굴에 앙상한 팔다리의 그 아이가 그 아이 같은 행색들.

일행들은 달러고 천 원짜리고 금방 바닥이 났다. 그리곤 뒤돌아서서 우리도 그런 시대를 살아냈다거나 가난은 나라가 해결해야 한다는 미명으로, 걔들에 대한 안타까운 시선을 거두어버렸다. 떼를 지어 몰려다니며 액세서리 하나 더 팔고자 요리조리 움직이는 그애들의 눈빛은 초롱초롱했다. 또래들과 어울려 놀이며 싸움질을 하는 그 역동성만으로도 마음까지 헛헛해 보이진 않았다.

몽골에서 가장 중요한 천연자원이 목초지이다. 거기서 생산되는 양고기가 게르에 사는 원주민들의 주식이니 캄보디아 아이들처럼 굶주리지는 않는다. 왜 배고픈 아이보다 마음이 허한 아이에게 더 연민이 가는 걸까.

우리 생활이 너무 풍요로워서인가.

자화상

오랜만에 우거지국을 끓였다.

선선해진 환절기의 날씨와 궁합이 맞았는지 여름 내내 잃었던 입맛이 살아나는 듯하다. 이런 된장국에 산초가루가 들어가 한몫을 한 게 아닌가 싶다. 혀끝을 톡 쏘는 이 산초는 추어탕에 들어가는 향신료의 일종이다. 내가 자란 시골에서는 입맛을 당긴다는 어른들의 식성에 맞추느라 갖가지 국은 물론 김치까지 산초냄새가 났다. 어릴 때부터 이것이 들어간 음식은 질색이었는데 요즘 우리 부부는 우거지국에 산초 향이 나야만 제맛을 느낀다.

세월 따라 달라지는 게 입맛뿐인가. 신김치만 고집하다 양념냄새 폴폴 나는 겉절이가 좋아지듯 오래도록 다져졌던 의식이나 정서도 어느새 바뀌어버린 데에, 요사이 나는 아이러니를 느낀다.

예전에는 비 오는 날을 좋아해서 누덕누덕 비구름이 덮인 하늘까지 싫지 않았다. 빗소리를 들으며 어두컴컴한 거실 한켠에 혼자 앉아 차를 마시는 행복감—자아를 떨쳐버린 듯, 건조하고 시들한 일상이나 온갖 생활의 짐으로부터 벗어나는 느낌이었다. 후텁지근한 더위 속 장마예보가 은근한 희망이지 않았던가.

언제부턴가 비는커녕 날씨가 흐릴 거라는 예보만 들어도 우울감이 꿈틀거린다. 비가 잦았던 지난 봄 내내 침울한 기분에 짓눌린 채 보냈다. 일부러 친구를 불러들여 수다를 떨며 무력감을 떨쳐내려 애써보기도 했다.

등산을 좋아해서 십여 년간 많은 산을 찾아 다녔다. 계절적 분위기에 취해 혼자 하는 산행도 즐겼다. 다른 취미나 운동은 내게 맞지 않을 거라고 생각해왔을 만큼 산에 대한 매력은 한결 같있다. 올 봄부터는 탁구를 치고 있다. 운동을 좋아하지 않던 내가 의외로 탁구에 재미가 붙었다. 대부분 노인들로 구성된 회원들이 펄펄 뛰는 모습이 활기가 넘친다. 조용히 사색할 수 있어 좋았던 등산은 뜸해지고, 사람들이 북적대고 템포가 빠른 탁구장의 역동성이 내게 활력을 불어넣는 것 같아 즐겁다. 나 홀로 산행은 이제 엄두조차 나지 않는다.

지난 가을엔가 서울에서 그리 멀지 않은 지방으로 집터를 보러 갔었다. 오래 전부터 염두에 두었던 전원생활을 생각하며 우선 터라도 봐 두자는 심산이었지만 오는 길에 등산도 할 겸 재미삼아 간 길이었다.

마침 지인의 소개로 보게 된 땅에 마음이 동했다. 훗날 우리가 정착할 만한 제반 여건들을 제대로 갖추기나 했을까. 땅에 관심을 가져본 적이 없어 토지에 대한 기본 상식조차 없는 남편이나 내 안목으로선 그런 데까지 짚어내는 건 무리였다. 주변의 산새며 확 트인 들판, 그런 자연 경관만으로 우리의 구미를 당기기에 충분했다. 남편의 은퇴시기에 맞춰 아담한 통나무집을 짓고 텃밭을 가꾸며 살리라던 꿈이 날개를 다는 순간이었다.

무리를 해서라도 계약을 서두르고 싶었는데 '토지거래허가구역'이라는 생소한 용어에 부딪히게 되었다. 부동산 업자가 은근이 제시하는 이런저런 방법에 귀야 솔깃해지지만 그런 편법을 동원하면서까지 구매할 용기가 없었다. 몇 날을 생각하던 중에 그 땅을 구입하지 못할 더 큰 빌미가 우리 부부를 붙잡았다. 들떴던 마음이 가라앉고 미련조차 버리게 된 연유는 엉뚱한 데 있었다.

집터는 언젠가 거주지를 그곳으로 옮긴다는 전제하에 필요할진대, 고향을 떠나 다시 타향살이를 자청하는 일에 다름 아니다. 낯설고 외진 곳에서 텃밭을 가꾸며 살아가는 농부 아닌 농부가 된다? 우리 두 사람의 성향으로 보아 땅을 일구어 생산성이 있는 농사꾼이 되기는 어렵다. 한적한 곳에서 푸성귀나 거두며 살아가는 늘그막의 따분한 모습이 눈에 어른거렸다.

적적한 삶이 될지도 모를 우리의 미래상이 은근한 두려움으로 다가왔다. 꿈은 꾸고 있을 때나 빛을 발하는 법. 간혹 TV 화면에 노후 생활을 즐기는 멋진 초원이 펼쳐져도 우리와는 거리가 먼, 그림으로 보인다.

나이 들수록 백화점 앞에서 살아야 한다고 강조하는 지인이 있다. 나 홀로 여행을 즐기고 소설쓰기에 온 힘을 쏟으며 살아가는 그는 언제나 혼자다. 백화점 쇼핑은커녕 배낭을 메고 전철을 갈아타가며 재래시장을 찾아다니는 그의 정서로 보아, 늘그막까지 대도시의 한복판에서 살기를 원하다니 좀 의아스러웠다. 중심가에서 몇 해 살다 주변이 한갓진 이곳으로 이사하자, 시끌벅적해서 사람 사는 동네 같았다며 그쪽을 아쉬워하시던 시어머니의 표정도 의외다 싶었는데.

늙으면 무작정 자연과 함께 라고만 외쳐 왔지 문명이 발산하는 에너지가 사람에게 생동감을 불러일으킬 수 있다는 생각은 못했다. 도회지에 산다는 이유만으로 일상이 무료할 수밖에 없을 거라 여기며 연로한 이웃들에게 연민을 품곤 했었다. 노소를 막론하고 우리네 삶이 사람들과의 부대낌 속에서 더 역동적이지 않던가.

한 십 년 뒤의 자화상이 자못 궁금해진다. 세월 따라 몇 굽이를 더 휘돌아 가다 보면 이런 의식이나 정서도 돌고돌아 다시 예전의 자리로 찾아가질까.

모를 일이다. 그땐 어느 산골의 외딴 통나무집에서 비 오는 날의 낭만을 주절대고, 산을 오르내리며 살고 있을지.

편견

언제 봐도 그녀는 단아한 몸가짐에 교양 있는 사람으로 보인다. 훤칠한 키에 희고 갸름한 얼굴은 신발까지 조화를 이룬 차림새와 어우러져, 환갑 전후로 보이는 나이에 걸맞지 않게 젊다. 어쩌다 마주치면 웃음기 머금었던 입가가 환해지면서 인사말을 건네곤 한다.

사람의 음성도 그의 인품에 따라 성숙되는지. 잘 숙성된 듯 분위기 있는 목소리까지 그의 품위를 돋보이게 한다. 처음 만난 날, 주말마다 예술의 전당에서 듣는다는 클래식 강좌에 대한 얘기를 꺼냈다. 그의 차분하고 나긋한 어조에, 목소리가 크고 투박한 나는 고개를 끄덕이는 일조차 조심스러웠다. 주고받는 말 한마디에도 깍듯한 매너가 담겨 있어 섣불리 말을 걸 수가 있었으랴.

집에서 한 시간이나 소요되는 박물관 대학에 아는 이 없이 혼자 다니는 터라, 오가며 수다라도 떨 말동무가 아쉽던 참이었다. 마침 집이 전철 한 코스 간격의 같은 방향이니 제대로 만난 셈이다. 지성과 외모를 두루 갖춘 사람을 만나기가 쉬운 일인가.

나이가 들수록 펑퍼짐하고 매사 두루뭉술하게 넘어갈 듯 보이는 사람에게 호감이 가는 건 나만의 정서일까. 처음 그녀를 만난 순간부터 왠지 편치 않은 느낌을 받았다. 집에 들르러 올 며느리를 위해 청소며 음식 준비로 바빴다는 말을 들으면서 시어머니의 지나친 정성에 피곤해 할 며느리의 심정을 넘겨짚었을 만큼. 내 얄팍한 선입견으로 그의 완벽성을 내심 공격(?)까지 한 셈이다.

반듯하고 깔끔한 정도가 지나치거나, 넘치다시피 친절한 대상을 만나면 까닭 없이 언짢아진다. 그런 성향에 대한 묘한 거부감은 한 사람의 풍모나 언행에서뿐만 아니라 한 나라가 풍기는 이미지에서도 마찬가진가 보다. 안팎으로 빈틈없어 뵈는 그녀를 대하노라면 엉뚱스럽게도 나는 씁쓰레한 뒷맛을 남긴, 지난 일본 나들이길에서 마주친 광경들을 반추하게 된다. 성급한 결정으로 행선지에 대한 사전 지식이나 준비 없이 떠난 만큼 이래저래 불만스러운 여행이었다.

목적지인 니꼬의 어느 스키장 리조트까지 오지로 몇 시간을 달리는 동안 휴지나부랭이나 비닐 조각 하나 나뒹굴지 않았다. 한결같이 검은색의 지붕, 집 안팎에서 자라는 화초들까지 나란히 질서를 지키며 커가는 듯 보였다. 숙소엔 방마다 그들의 전통복인 기모노가 비치돼 있어 입는 법까지 가이드의 설명을 들어야 했다. 발등까지 닿아 거추장스런 옷차림은 반바지 바람으로 실내를 들락거리며 뒹굴 수 있는 자유를 앗아가버렸다.

관광지나 숙소에서 마주칠 때마다 머리를 조아려 인사하는 여인들의 표정은 속마음까지 다 내비치듯 조신하고 상냥스러웠다. 리조트를 떠날 때는 줄을 서서 차 꽁무니가 보이지 않을 때까지 연신 고개를 수그려 배웅하는 모습을 보였다. 뒤돌아보기가 민망할 정도로. 어디서나 그네들의 과도한 인사 치례에 우리 여행객은 수시로 황송한 마음이 들 지경이었다.

그런 그들이 레스토랑에서 일행 중 한 사람이 우동 그릇을 엎지르는 실수를 하자 지배인의 언짢은 말투가 자기네 종업원 대하듯 아주 노골적이었다. 우리는 뒤틀린 심사를 꾹 누른 채 소리를 죽여가며 식사를 해야 하는 손님 아닌 손님으로 전락해버렸다. 열 길 물 속보다 한 길 사람 속 알기가 어렵기는 국경을 초월해서 통하는가 보다.

짧은 기간의 싸구려 관광이었지만 한 나라의 겉모습 속에 나름대로 이면이 짚인다. 차창 밖으로 펼쳐진 일본의 평야는 한 마디로 기계가 찍어낸 바둑판을 연상케 했다. 그에 비하면 우리나라의 논과 논 사이의 경계선은 사람이 자른 두부 모처럼 생겼다고 할까. 그 바둑판의 이미지는 이박 삼일간의 일정 내내 그나라 안팎의 모습을 대변하듯 따라다녔다.

우리가 탄 버스는 양쪽 좌석 사이의 공간이 사람이 겨우 지나갈 정도였고, 도로도 좌우로 정확히 차 한 대씩만 지나갈 수 있는

넓이로 닦아 놓았다. 좌석이 두 개뿐인 미니 승용차가 장난감처럼 돌돌 굴러가는 모습은 귀엽기까지 했다.

두어 젓가락씩 담은 김치접시를 나열해 놓고 '원 룸 히도츠' 하며 한 방에 하나씩만 가져가라고 외쳐대던 뷔페 식당. 엄지손가락만큼씩 잘라 포장한 김은 손에 잘 집히지도 않았다. 우리의 밥공기보다 작은 국그릇, 티슈 한 장도 우리나라 것의 절반 정도나 될까. 방의 쓰레기통이 왜 주먹만 한지 짐작이 갔다.

어쨌거나 일본이 오늘날의 경제대국에 이르게 된 데는 자로 잰 듯 정확한, 이런 경제적 합리적인 사고가 큰 몫을 했을 것이다. 뿐만 아니라 나의 편향된 시각을 나무라듯, 일등 국민으로 여전히 그나라의 국민성이 세계의 주목을 받고 있지 않는가.

'사람에 대해서 최종적인 판단은 언제나 유보해야 된다'는 말이 경고하듯, 가까이 다가가 보면 그녀도 지성과 더불어 그에 못지않은 인간미까지 갖춘 인격자일 수 있다. 겉으로 드러나는 몇 가지 면모로 한 사람의 품격을 속단해 버리는 내가 큰 우를 범하고 있는지도 모른다.

그들을 바라보는 나의 편견을 책할 일이다.

김승희

shkim116@hanmail.net

그 어떤 것이더라도
원조논란은 계속되지 않을까 싶다.
처음으로 무언가 선을 보이고
그 이후 같은 형태의 것들이
친근해지는 과정이 있다.
그것이 인기와 명성을 얻게 되면
나는 그 시작이
오히려 궁금해질 때가 있다.

버스 예찬

대중교통 수단 중에 가장 선호하는 것이 어느 것이냐고 묻는다면 나는 단 1초의 망설임도 없이 버스라고 답한다. 그 이유는 여러 가지가 있다. 우선 지하철이 싫은 이유는 어두컴컴한 지하에서 마주보고 있는 앞사람만 멀뚱멀뚱 쳐다봐야 하는 일이다. 차라리 귀에 이어폰을 꽂고 눈감고 자는 척을 해야 편안하다. 아니면 책이나 신문을 보는 것이 그 안에서 할 수 있는 일의 전부다. 그것도 나쁘지는 않겠지만 나와는 잘 맞지 않아 꺼려진다. 택시는 어쩔 수 없을 때 이용하기는 하지만 미터요금기의 계기가 올라가는 것을 보면 요금에 대한 부담으로 적잖이 가슴을 졸이게 된다. 그렇다보니 내게는 가장 만만한 교통수단으로 버스만한 것이 없다.

이제 슬슬 나만의 버스예찬론을 펼쳐볼까 한다. 환경적으로 내가 살고 있는 곳이 버스종점과 아주 가깝다보니 자연적으로 버스는 가장 편리하게 나를 이동시켜주는 수단이다. 그것도 늘 많은 자리가 비워져 있어 내가 얼마든지 앉고 싶은 곳을 선택할 수 있다. 출근시간에 만원버스를 타면서 겪는 아수라장은 나에게는 남들 얘기였다. 게다가 늘 같은 거리를 가더라도 다른 모습으로, 다른 사람들과 새롭게 만나는 풍경들이 좋다.

나는 버스 창밖으로 보이는 상점 윈도우의 디스플레이의 변화나, 한곳에서 한결같은 모습으로 장사를 하는 사람들의 모습을 눈여겨보는 취미가 있다. 신선하게 디스플레이를 바꾸어놓는 옷가게는 언제 보아도 나를 깨어있게 하는 매력 있는 곳 중에 하나다. 점원의 얼굴을 한 번도 제대로 본 적 없고 단지 버스가 스쳐가는 대로 겉만 훑어보는 곳이긴 하지만 말이다. 그곳의 매력은 순발력이다. 윈도우 안에 마네킹을 수시로 다른 모습으로 꾸며놓는 것이다. 출근길에 가면서 본 모습과 퇴근길에 스쳐가는 그 녀석들의 모습은 또 달라져 있다. 그 날의 날씨에도 얼마나 민감하게 대처해 놓는지 내일 당장 저런 모습으로 나가야겠다는 충동을 느낄 만하다. 언젠가 한 번은 그 정류장에 내려서 도대체 어떤 사람의 손길이 닿고 있는지 알아보고 싶을 정도다.

한번도 빠짐없이 오가며 눈여겨보는 또 다른 곳은 포장마차다. 우리 동네에 제법 큰 사우나가 있다. 다른 사람들의 눈에는 그저 평범한 포장마차일 뿐인 그곳이 내게 특별하게 다가온 이유가 있다.

아무도 모르는 시작

스포츠형 헤어스타일의 40대로 보이는 남자가 어수룩하긴 했지만 열심히 녹차호떡을 만들어 팔기 시작하는 것을 본 것은 재작년 11월 즈음 부터였다. 버스에서 창밖을 내다볼 때면 서서 먹는 사람도 별반 보이지 않고, 그렇다고 포장을 많이 해가는 것처럼 보이지도 않는데 아저씨는 언제나 바쁘고 어설프게 호떡을 구워냈다. 잠깐 정류장에 정차했을 때 보는 것이 고작이지만 기다리다가 돌아가는 사람들도 눈에 자주 뜨였다.

그렇게 장사꾼 초보였던 아저씨에게 가장 놀랐던 것은 옷차림이었다. 티셔츠를 입고 검은 비닐로 된 토시를 양팔에 끼고 일을 했다. 어느 날인가 그가 가게 여는 것을 보았다. 양복을 깔끔하게 입고 나와서 그곳에서 옷을 갈아입고 있었다. 마치 사무실에 출근하는 사람처럼 양복을 입은 모습이 자주 눈에 띄었다. 어느 날이었다. 아내인 듯한 여자가 함께 있었는데 그 모습을 보고는 정말 깜짝 놀랐다.

머리는 붉게 염색하고 화장 또한 강렬하게 보였다. 어딘가 몹시 언짢은 표정으로 가게 집기들을 손가락 두서너 개로 까딱거리며 훑고 있는 그녀를 아무렇지도 않게 태연하게 보고 있는 아저씨의 모습. 처음 내 느낌대로 어쩌면 그 아저씨도 직장에서 잘나가던 때가 있었던가보다. 그러다가 어쩔 수 없이 직장을 나오게 되고 고민 끝에 장사를 시작하게 되었고, 아내는 좌절도 많이 했을 것이라는 생각이 들었다. 아마도 아내인 듯한 사람의 일그러진 표정에서 느껴진 나의 소설 같은 추측일지도 모른다.

그 포장마차는 차츰 품목이 다양해지고 안정된 영업장으로 발전했다. 호떡을 시작으로 갖가지 소스 맛의 꼬치 어묵 순대 와플까지. 다양한 고객을 흡수하겠다는 전략을 세운건지 아니면 장사에 자신이 붙었는지 아저씨의 모습에서도 안정감이 느껴졌다.

며칠 전, 여느 때와 다름없이 퇴근길에 그 정류장을 지나가며 포장마차를 보았다. 부부의 모습이 보였다. 불만 가득했던 아내의 표정이 순수한 어린아이처럼 맑아보였다. 화장기가 없어서인지 전보다 열 살은 어려보이는 얼굴에는 웃음이 보였고 머리를 하나로 질끈 동여매고 남편을 돕고 있는 모습의 여자. 이전에 나를 놀라게 했던 그 사람이 아닌 것처럼 바뀌어 있었다. 아저씨의 모습도 몰라보게 편안하고 여유 있어 보였다. 아내의 변화가 가져온 가정의 평화 때문이지 않을까 싶었다. 그리고 나는 또 그런 부부의 모습을 멀리서 잠깐이나마 볼 때마다 기분 좋아진다.

버스 창밖에는 그렇게 나를 모르는 내가 모르는 사람들이지만 내 이웃의 삶의 변화를 영화처럼 보여주는 스크린이 있다. 그리고 계절따라 바뀌는 주변의 나무 풀 꽃, 그리고 태양과 비와 눈 달과 바람이 그려서 보여주는 풍경화 전시회와 사진전이 있다.

아~ 얼마나 좋은가. 가만히 있어도 이런 저런 모습을 보여주며 내가 가고자하는 곳까지 편안하게 데려다주는 버스가 있으니. 나는 오늘도 외친다.

"나는 버스가 제일 좋아~ 정말 좋아~."

아무도 모르는 시작

　원조 시비의 첫째는 뭐니뭐니해도 음식점이 아닌가 싶다. 언젠가 양주군청에 볼일이 있어 언니와 함께 갈 일이 있었다. 일을 마치고 무엇을 먹을까하는데 눈에 뜨인 것이 부대찌개였다. 여기저기 간판마다 적혀 있는 메뉴는 온통 부대찌개뿐 다른 것은 보이지 않았다.

　간판에 모두 '원조'라고 쓰여 있었다. 바로 자기 집이 의정부찌개를 최초로 시작한 원조라는 것이다. 하긴 누가 먼저 시작한 것이 뭐 그리 대단할까마는 사람들의 심리는 원조라는 말에 뭔가 다를 것이라는 솔깃한 마음이 든다. 원조라는 단어 안에는 오랜 세월을 지켜온 맛의 비밀이 있지 않을까하는 기대도 갖게 한다. 어찌되었든 그 많은 원조 중 한 곳에서 우리는 세월이 담긴 맛인지 아닌지 모를 의정부 부대찌개로 끼니를 해결하고 돌아왔다.

사람들에게 입소문이 나서 발길이 잦아지는 음식점이 있다싶으면 어느새 비슷비슷한 가게들이 '내가 원조'라면서 간판을 내걸고는 한다. 같은 상호를 가지고 어디가나 같은 맛을 낸다는 프랜차이즈 가맹점이나 대리점과는 다른 느낌의 독자적인 자신감으로 보일 때도 있다.

얼마 전에 춘천을 다녀왔다는 친구의 말에 웃음이 나오면서도 그 말이 정답이라는 생각이 들었다. 춘천하면 떠오르는 음식이 닭갈비라는 생각에 친구와 일행은 춘천의 명동 거리를 찾았다고 한다. 그리고 온통 원조 닭갈비라고 쓰여진 간판들 중에 그래도 마음이 끌리는 곳으로 들어가 음식을 주문했단다. 그러면서 주인한테 정말 이집이 원조냐고 물었더니 주인의 말이 "여기는 모두 원조지요. 오늘 간판 걸면서도 원조라고 거는 걸요 뭐." 하더란다. 정말 원조라는 말의 명쾌한 해석이지 않은가.

불닭이라는 말을 처음 쓴 부원식품에서는 매운 닭요리를 뜻하는 이 단어를, 다른 닭요리 외식업체에서 사용할 수 없도록 불닭이라는 상표와 서비스표를 단독 사용할 수 있는 권한을 국가로부터 부여받았다는 뉴스를 보았다. 그러한 강력한 의지표명이 있지 않는 한, 그 어떤 것이더라도 원조논란은 계속되지 않을까 싶다.

처음으로 무언가 선을 보이고 그 이후 같은 형태의 것들이 친근해지는 과정이 있다. 그것이 인기와 명성을 얻게 되면 나는 그 시작이 오히려 궁금해질 때가 있다.

내가 좋아하는 프로그램 중에 하나가 '무한도전'이다. 6명의 남자 MC들이 갖가지 도전은 물론이고 심하다 싶은 말장난까지, 웃음을 전해주기 위해 온몸을 내던지는 프로그램이다. 제목 그대로 무리이고 정말 무모하다 싶은 도전으로 보이지만 결과와 상관없이 끝까지 최선을 다하는 그들의 모습. 그래도 연예인인 자신들의 망가지는 모습을 거리낌 없이 보여준다. 그 과정에서 웃음과 함께 희망과 용기를 그들에게서 얻고, 또 그들의 말싸움과 말장난에서 서로에 대한 배려와 따스함을 느끼게 된다. 가능하면 재방송까지 챙겨서 보는 나를 식구들은 '무한도전 중독자'라 한다. 하긴 맞는 말이다.

처음 시작할 때의 무리한 도전에 혀를 끌끌 차면서 이상한 프로그램이라고 생각했던 나를 지금은 중독자로 만든 이 프로그램의 저력 때문일까. 이와 비슷한 프로그램들이 속속 등장하기 시작했다. 각 방송사의 오락프로그램에서 무한도전 따라잡기에 나선 모습이 보인다. 채널을 돌려보면 비슷비슷한 내용과 포맷의 오락 프로그램이 동시간대를 점령하고 있다. 대부분 연예인들이 망가지는 모습을 여과 없이 보여주면서 웃음을 유발시킨다는 면에서 본다면 단연 '무한도전'이 원조라고 해도 될 듯하다.

요즘은 다른 나라에서 우리나라 연예인의 위상을 돋보이게 하는 한류라는 단어가 많이 쓰인다. 그중에 일본에서 한류원조라는 배용준은 욘사마로, 최지우는 지우지메라고 하면서 연예인들을 마치 신처럼 추켜세우곤 한다. 그런데 나는 얼마 전 기사를 보면서 일본에서의 한류원조는 '이수현'이 아닐까 생각했다. 그는 일본 유학중이었던 2001년 도쿄 신오쿠보역에서 27세의 꽃다운 나이에 선로에 떨어진 취객을 구하고 목숨을 잃었다.

당시 일본에서는 내나라 사람도 쳐다만 보고 있는 상황에서 다른 나라 사람이 목숨까지 던지며 구해준 용기와 희생에 일본인의 수많은 인파가 그의 넋에 고개를 숙였다. 그의 짧은 일생을 그린 일본 합작영화 '너를 잊지 않을 거야'의 시사회에는 아키히토 일왕등 최고위급 인사들이 대거 참석하기도 했다. 그런 그의 6주기 추모식이 열린 일본의 모습을 인터넷을 통해 볼 수 있었다. 아직도 그의 아름다운 희생을 기리는 일본사람들의 열기는 6년 전 그때와 별반 달라진 것 같지 않았다.

일본에서 우리나라 한류 연예인들의 움직임은 매 순간마다 인터넷으로 기사화되며 사람들의 입에 끊임없이 오르내린다. 하지만 일본 사람들의 마음에 아직까지 잔잔하지만 강하게 감동으로 남아있고 그 감동이 추모로 이어지고 있는, 어쩌면 진정한 한류의 원조라 할 수 있는 이수현에 대한 기사는 이제 일본과는 달리 우리나라에서는 시들해진 것처럼 보여 씁쓸하다.

진정한 원조란 무엇일까. 원조의 사전적 의미는 어떤 일을 처음으로 시작한 사람이나 어떤 사물이나 물건의 최초 시작으로 인정되는 사물이나 물건이다. 나는 그 의미에 영향력이라는 말을 첨가하고 싶다. 많은 사람들에게 맛이나 의미로 그리고 어떤 생각으로 그야말로 '붐(BOOM)'을 조성하고 따라하고 싶게 만드는 것. 그것이 진정한 원조가 아닐까.

········ 아무도 모르는 시작

그나저나 오늘은 날씨도 꿀꿀하게 흐려지고 있다. 이런 날은 배 깔고 누워 만화책 보면서 먹는 빈대떡이 최고다. 녹두빈대떡의 원조라고 하는 종로5가의 허름한 가게나 찾아가서 동동주 한잔에 바삭바삭 구워진 녹두빈대떡으로 배나 채워볼까. 갑자기 침이 고이고 배가 고파지는 건 날씨 탓인가~.

내가 사는 곳이 좋다

　어릴 적 무더운 여름 저녁나절엔 맴~ 맴~ 울어대는 매미소리를 들으며 마당에 피워놓은 모깃불과 함께 가족들과 평상에 앉아 단물 뚝뚝 떨어지는 수박을 먹곤 했다. 그랬던 추억속의 한여름 저녁풍경은 불혹을 넘긴 지금은 많이 달라져 있다. 문은 꼭꼭 닫은 상태로 에어컨을 틀어놓고 반바지에 민소매 티셔츠를 입고 전자모기향 꽂아놓은 채 시원한 수박을 먹는 모습으로 바뀌었다. 이미 매미소리는 예전만큼 들리지도 들을 수도 없는 환경이 되어버렸다.

　그래서인지 올여름에는 매미소리를 들은 기억이 별로 없다.

　얼마 전 SBS 텔레비전에서 '강남엄마 따라잡기'라는 주간연속극을 방영한 적이 있다. 나는 왠지 강북지역 전체를 비하하는 느낌의 제목이 마음에 들지 않아서 다른 방송으로 채널을 돌리곤 했는데 사회적으로 이 드라마의 내용이 주부들의 마음을 술렁이게 했다. 엄마들이라면 한 번쯤 가져봤음직한 강남에 대한 동경을 콕 찍어서 실감나게 표현한 내용 때문이 아닌가 싶다.

내 아이를 위해서라면 오랜 우정쯤은 저버릴 수 있고, 나는 어찌되든 자식이 강남에서 따돌림 당하지 않고 학교생활을 할 수 있다면, 그리고 성공을 위해서라면 강남에서 살기 위해 몸부림치는 엄마들의 이야기. 때로는 슬픈 우리들의 모습이어서 겉으로는 웃으면서도 마음 한 켠은 쓸쓸하게 아려오는 내용을 그려나간 드라마였다. 점차 드라마가 끝으로 향하면서 제목만큼 강남과 강북의 편 가르기가 아니라 엄마로서 살아가고 있는 조금은 과장되지만 공감할 수 있는 내용으로 보여졌다.

그런데 사람만 강남·강북을 가리는 것이 아니었다. 매미도 강남과 강북에서 서식하는 종류가 다르다는 기사는 정말 흥미로웠다. 언제부터인지 뉴스에서도 여름이면 도시인들에게 울어대는 매미소리가 고역이 되어 열대야와 함께 밤잠을 설치게 한다는 소식을 전한다. 학자들이 갈수록 매미 소리가 커지는 것은 주변 환경의 소음 탓으로 보고 있다고 한다. 도시 매미들이 소음에 적응하기 위해 울음소리가 커졌다는 것이다. 7년을 땅속에서 보내고 세상 밖으로 나와 7일을 그렇게 온힘을 다해 소리내어 암컷을 불러 짝을 짓고는 숨을 거둔다는 매미. 매미의 울음소리는 종족보존을 위한 필사적인 절규일 수 있다. 한동안 매미의 이런 일생이 슬프게 다가온 적도 있는데 도시 소음의 원인으로 사람들로부터

따가운 눈총을 받는 매미의 현실을 어떻게 받아들여야 할 것인
지.

뉴스에 의하면 강남지역과 강북지역의 매미는 종류가 다르다
고 한다. 주로 강북지역에서 서식하는 매미는 검은색 몸에 녹색
과 노란색 흰색 무늬가 섞여있고, 감나무와 벚나무 소나무 등 수
목종류가 다양하고 오밀조밀하게 분포된 산기슭이나 평지에서
볼 수 있는 참매미나 쓰름매미다.

강남지역에 서식하는 매미는 우리나라에 서식하는 매미 중에
서 몸집이 가장 큰 말매미다. 말매미는 칠흑색 몸집에 금빛 광채
를 띠고 있고 플라타너스나 버드나무 등에서 서식한다. 동남아에
서 북한까지 분포할 만큼 생명력도 강한 말매미는 치~르르르~하
는 엄청 높은 단조의 음을 낸다.

언제부터 우리들에게 무더운 여름이면 맴~ 맴~하며 정겨운
소리로 아름다운 사랑의 세레나데를 부르던 단아한 몸집의 참매
미와, 힘세고 큰 덩치로 암컷을 향해 싸이렌 소리로 단조롭고 시
끄러운 요상한 세레나데를 불러대는 말매미의 편이 갈려진 것일
까.

매미의 편가르기는 1970년대부터였다고 한다. 당시 강남지역
에 가로수 심기 작업이 대대적으로 진행되면서 말매미들이 다른
종보다 먼저 강남으로 이주를 하면서 개체 수가 많아졌다고 추정
하고 있단다. 이것들은 몸집이나 울음소리가 클 뿐만 아니라 한
마리가 울면 다른 매미들도 따라서 경쟁적으로 울어대는 습성 때

문에 소음이 되어버리는 것이다. 그 소리는 공사장 소음에도 가깝다고 하니 두통을 일으킬 만 하다.

이와 비슷한 현상이 새에게서도 관찰된다고 하는데 시골에 사는 새들은 전통적인 느린 가락의 노래를 부르지만 도시의 새들은 짧고 빠른, 마치 '랩'풍의 노래를 부른다는 영국 BBC의 보도도 있다. 말하자면 시골새는 가곡, 도시새는 랩송을 부른다는 것인데 이 또한 환경적인 요인 때문이라고 한다.

그런가하면 네덜란드 라이덴 대학 연구진에 따르면 런던, 파리, 프라하 등 도시에 사는 박새들은 자동차나 기차, 비행기 소음 속에서 짝을 찾고 영역을 지키기 위해 짧고 높은 음으로 노래한다. 자신들의 노래가 도시 소음에 묻혀 들리지 않게 되면 침입자들과 싸워야 하고 짝짓기도 더욱 고달파지기 때문이라고 한다. 전 세계적으로 환경에 적응하기 위한 변화는 어쩔 수 없지만 큰 문제로 제기되고 있는 모양이다.

하지만 강남의 말매미 개체수 증가는 소음 뿐만이 아니라 도시 환경적인 면에서도 그리 반가운 변화는 아니다. 말매미가 도심 가로수 가지에 알을 낳으면 그 가지는 말라 죽고, 수액을 빨아먹고 난 구멍에 그을음 병균이 서식해서 나무가 약해지기 때문이다.

강남엄마 따라잡기라는 드라마에서의 엄마들 모습은 마치 말매미의 모습처럼 아이 교육이라는 부분에서는 도를 넘어설 정도로 열정적으로 달려드는 강북지역 엄마들의 모습으로 표현되었다. 어쩌면 우리네 도시인들의 일면을 단적으로 보여준 것인지도 모른다. 무엇이든 극성이지 않으면 밀려날 것만 같은 불안함과 그렇게 하지 않으면 안 될 것만 같은 무언가에 쫓기는 듯한 초조함 같은 것 말이다.

크고 시끄럽게 경쟁적으로 울어대는 참매미보다 아직은 수줍은 소리로 구애하는 말매미가 우는 이곳 강북이 좋다. 나도 말매미처럼 예전의 그 정취를 간직한 소리로 노래 부르며 지나치지 않게 적응하며 살고 싶다. 조금 뒤처지더라도 내 자신에게 부끄럽지 않게만 살 수 있다면 그래도 나는 여기 강북에 사는 것이 정말 정말 좋다.

고정숙

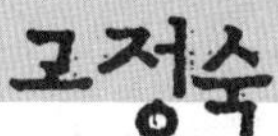

gabriel@hanmail.net

친정 나들이

남편 친구와 화장품

유년을 찾아서

군데군데 철모르고 피어난
보랏빛 제비꽃이 외롭게 피었고
쑥부쟁이도 보랏빛으로 가을을 피워내고 있었다.
쑥부쟁이의 꽃말은
그리움과 기다림이라고 한다.
자식들을 기다리다 돌아가신
할머니의 한 맺힌 넋으로 피워낸
꽃이리라.

친정 나들이

여름부터 벼르던 친정 방문길에 나섰다. 사촌언니와 동행하였다. 오랜만에 일상을 벗어나 버스 타고 편안한 자세로 기대고 앉아 차창 밖을 내다보며 고속도로를 달린다. 가을걷이를 끝내 가는 황량한 들녘, 산기슭엔 길게 목을 뽑아 하늘거리는 은빛억새 물결이 석양빛에 반사되어 황홀경을 자아낸다.

일곱 시간을 달려 고향마을에 닿았다. 반겨주는 동생내외가 급히 준비해온 낙지를 산 채로 도마질해 참기름에 버무리고 생된장과 마늘 풋고추에 찍어먹는다. 이 얼마 만에 느껴보는 감칠맛인가, 접시는 순식간에 바닥이 났다. 친정 가족이래야 직계는 이 시골 내 동생과 사촌 언니 셋뿐이다. 우리는 오랜만에 만나서 뜨끈한 구들에 허리를 지지며 아이들이야기 남편이야기, 그리고 어렸을 적 이야기로 밤새는 줄 모르고 이야기꽃을 피웠다.

상쾌한 시골의 아침 공기를 깊숙이 들이마시며 냇가를 지나 들녘 가운데 서 본다. 유년 시절 우리는 바람 부는 이른 아침에 땔감을 마련하기 위해 소나무동산에 가서 옷이 젖도록 돌아다니며 갈퀴질을 했다. 진달래와 할미꽃이 피는 봄이면 무덤 가 잔디에서 놀았다.

이제 그곳엔 육중한 담으로 둘러싸인 저택이 들어서 있고, 벌거벗고 멱 감던 냇물은 공해로 죽어있다. 치맛자락이 젖고 고무신 질척이며 새를 쫓던 들녘은 여전한데 농지정리를 하여 반듯한 논배미가 낯설기만 하다. 돌돌 흐르던 물에 발 담그고 고무신으로 송사리떼 잡던 도랑도 자취가 없다. 커다란 앞산 산등성이가 내 가슴 키만큼 작아져 시야에 들어온다. 바지락과 골뱅이를 주어 나르던 남쪽 끝 갯벌도 농지로 변하여 바둑판처럼 놓여있다. 소꼴을 먹이던 해 저물녘, 교복 입은 또래들에게 내 모습이 들킬까 얼굴 붉혔던 구불구불한 신작로는, 이차선 도로로 말끔히 닦아져 차들이 질주한다.

오랜만에 우리 세 자매는 한숨으로 키우고 거두어주신 조부모의 묘소를 찾았다. 소나무들에 에워싸이고 양지바른 자리에 합장하여 모신 조부모님, 군데군데 철모르고 피어난 보랏빛 제비꽃이 외롭게 피었고 쑥부쟁이도 보랏빛으로 가을을 피워내고 있었다. 쑥부쟁이의 꽃말은 그리움과 기다림이라고 한다. 자식들을 기다리다 돌아가신 할머니의 한 맺힌 넋으로 피워낸 꽃이리라.

사변 통에 행방불명이 된 아들 며느리가 남겨놓은 어린 손녀들을 이끌고 고향으로 내려와 새벽마다 정화수를 떠놓고 통일이 되도록 빌기를 몇 십 년, 긴 담뱃대를 물고 그 작은 두 발을 비비며 애를 태워 재로 날려 보내시던 할머니! 그 정성은 하늘에 언제 닿을 것인가!

지하에 누웠으나 그 영혼은 바다에 돛대들의 드나듦을 바라보며 이제 오나 저제 오나 차마 눈 못 감으셨을 할머니, 눈을 감겨 드리듯 봉분을 쓰다듬어 본다. '이제 저희들도 할미가 되었습니다. 부모님들도 할머니 곁으로 가실 연세이니 편히 쉬소서.' 속삭이며 품인 양 기대어본다.

세월은 가도 언제나 변함없는 푸른 하늘과 흘러가는 구름을 망연히 서서 고향 하늘을 바라본다. 가슴 에이던 설음도 세월에 묻혀버린 지 오랜 지금, 저 은빛 억새풀과 우리 세 자매의 희끗희끗한 머리가 한데 어우러진 이 가을의 한가운데서….

남편 친구와 화장품

늦여름 남편의 친구 두 쌍이 춘천에 사는 우리 집을 방문한다
는 소식이 왔다. 무엇을 어떻게 대접할까 근심이 되었으나 기쁘
게 이것저것 반찬을 사다 저장하고 손님 맞을 준비를 했다. 그동
안 청소를 하지 못한 곳곳을 모처럼 쓸고 닦고 이부자리와 베개
도 깨끗이 빨아두었다. 남편은 賓客不來 門戶俗(빈객불래 문호속)이
라 집안에 손님이 드나드는 일을 복된 일이라고 하며 부지런히
집안청소를 도와주었다.

이 친구들은 남편의 수산대학 동창생들인데 삼총사라고 불릴
만큼 절친한 친구 사이였다. 결혼할 당시에도 금 세 돈씩을 신부
목걸이로 해 주는 등 막역한 사이였으나 결혼 후에는 서로 직장
과 사업, 그리고 아이들 키우는 일로 자주 내왕을 하지 않고 지냈
다. 이제 직장에서 정년퇴임도 하고 사업도 안정이 되어 아이들

결혼 축하해주는 일로 자주 만나게 된 것이다.

남편 친구들을 다시 만나게 된다고 하니 젊은 시절 이 친구들을 이용해 내 실수의 위기를 넘겼던 일이 떠오른다. 남편은 수산대학을 나왔으나 마침 교원수급 사정이 좋지 않았던 60년대 말, 전공한 분야로 나가지 못하고 교직에 머무르게 되어 평생교직에 몸을 담았다. 어쨌든 수산 대 증식과를 졸업했으나 그 당시 정부 시책인 둘만 낳아 잘 기르자는 구호에 불응하고 자식을 넷이나 증식 시키는 일에 전공을 살린 셈이다. 사범대 출신도 아니요 교대출신도 아닌 수산 대 증식과 출신이라고 웃어보자고 농담으로 해 오는 말이다.

결혼 후 삼 개월 만에 분가를 하여 다세대 주택에 세 들어 살 때의 일이다. 어느 날 해 저물녘에 말쑥한 할머니 한 분이 찾아들었다. 그분의 말이 제사공장 아가씨들로부터 주문 받아왔는데 문이 닫혀 있어서 화장품을 전하지 못하고 가게 되었다고 하면서 (당시 일본제품 화장품이 좋다고 밀수가 성행하던 때였다.) 이 화장품을 받아 이윤을 남게 해줄 테니 사라고 하는 것이었다.

듣고 보니 많은 이윤을 남길 것 같았다. 아랫방에 세 들어 사는 새댁을 불러 장사를 해보라고 했다. 새댁은 돈이 없어 못한다고 했다. 내가 돈을 대신 지불해줄 테니 해보라고 하면서 장롱 속에 깊숙이 넣어 둔 월급봉투를 내다가 주고 물건 한 보따리를 건네주었다. 이 새댁이 잘 팔아 이윤을 남기고 내게 돈을 갚았으면 얼마나 좋았으랴!

그날 밤 한밤중에 그 새댁이 떨리는 소리로 나를 불렀다. 남편이 당장 돌려주라 했다면서 보따리를 내미는 것이었다. 꼼꼼한 남편이 이 사연을 듣고 노발대발하여 밤늦도록 꾸중을 해서 꼼짝없이 당했다. 이 물건을 생판 낯선 데서 누구를 붙잡고 팔아야 할지 아무리 생각해도 갑갑할 노릇이었다. 그런데 남편의 기막힌 지혜로 그 물건을 학교 선생님들에게 며칠 만에 다 팔게 된 것이다. 대학 친구가 일본을 드나드는 길에 가지고 왔다고 하였기 때문이었다.

가을을 재촉하는 비가 스산하게 내리는 오후 드디어 전라도 순천에서 차 교장 내외와 경상도 통영에서 임사장내외가 올라왔다. 이들의 첫마디가 '퇴직을 하고 고향에 내려가지 않고 왜 강원도에 와서 살게 되었는지' 그 까닭을 몰랐다가 아름다운 호수를 끼고 있는 이 도시를 보고 그 이유를 알았다고 호탕하게 웃었다.

저녁을 물리고 난 후 분위기가 한창 무르익을 즈음 신혼시절, 화장품으로 친구들을 팔아 이익을 남겼다는 이야기를 하고 또 한바탕 웃음바다를 이루었다. 지금에 와서 그 화장품을 사간 선생님들을 찾아 거짓말을 했노라고 실토할 기회는 없을 것이고 이 친구들에게 30여 년 만에 털어놓게 되니 그나마 마음 후련하다.

육순이 넘어 만나서 이야기를 나누다보니 모두 건강에 위협을 느껴 고비를 넘겼다는 이야기가 진지하게 오가고 이제부터 건강을 지키며 사는 일이 제일 큰 과제라고 입을 모았다. 이튿날도 비가 왔지만 소양댐 의암댐 공지천 신숭겸묘소 화목원 등을 같이 돌아다녔다. 남편은 제 2의 고향이라며 설명하고 자랑하기에 여념이 없었다.

　이제부터는 자주 만나자며 우의를 다지고 우리 여자 셋도 아쉬워하며 단풍이 곱게 물든 날에 다시 만나자는 약속을 하고 이박 삼일 추억의 한 페이지를 남기게 되었다.

유년을 찾아서

오랜만에 친정집에 방문했다가 50년 대 다녔던 시골 초등학교를 찾았다.

이 학교 출신 국회의원이 수영장과 강당을 지어 예식장으로 사용한다고 해서 얼마나 변했는지 보고 싶기도 하고 어린 내가 선생님들의 눈에 어떻게 비쳐졌는지 솔깃한 심정이 일었기 때문이었다.

교무실에는 아들딸과 같은 연배의 선생님 서넛이 있었다.

'이 학교 34회 졸업생입니다. 학적부 좀…….'

지금까지 보관이 되었으랴 싶었는데 잠시 후 깨끗하게 보관된 두툼한 학적부 철을 가져왔다. 놀라운 순간이었다. 단발머리에 고개를 갸웃하고 내 동생 같기도 하고 막내 같기도 한 일곱 살 아이가 가녀린 미소를 띠고 거기에 있었다. 울렁거리는 가슴을 심호흡으로 가다듬고 아래를 훑어보았다. 불러본 기억도 없고 얼굴 맞대고 살아본 기억도 없는 아버지 어머니가 서른셋·스물여섯 살인 채 부모님으로 적혀있었다.

기록부에는 음악에 재질이 보이고 문예부 활동을 하고 있다는 것과 6학년 선생님의 나에 대한 언급은 고독을 느끼는 아이라고 적혀있었다. 어쩌면 이리도 내가 살아온 모습 그대로일까. 나도 모르게 누가 묻기라도 한 것처럼 감정이 고조되어 이야기를 했다. 수필 신인 등단소식에, 글짓기 숙제를 해가지고 빨간 색연필로 달팽이 점수를 많이 받았던 기억을 했던 일과 오르간소리에 심취되어 피아노공부를 해서 네 아이를 모두 음악을 시켜 이제 막내까지 졸업을 했노라고 설명을 하니 고개를 연신 끄덕이며 '복사해 드릴까요?' 한다.

고맙다는 인사를 하고 교무실문을 나섰다. 지나가던 어린 아이가 선생인 줄 알았던지 "안녕하세요?" 인사를 한다. 풍금이 있었던 6학년교실엔 자료실이 되어 있어 그때는 보지도 듣지도 못했던 악기들이 즐비하니 놓여 있었다. 오르간 건반을 손끝으로 눌러보니 소리가 나지 않았다. '그렇지 바람통을 발로 눌러줘야지' 운동장에 나무 그림자가 길게 누운 오후 친구와 필기경시대회 준비하던 3학년 시절 모습이 떠오르고, 수업시간에 먼 산을 보고 있다고 야단을 맞고 복도에 나가 한 시간 동안 손들고 벌을 섰었던 5학년 내 모습이 스쳐 지나갔다.

나는 마법에 걸리듯 유년의 추억 속으로 빨려들어갔다. 교사

뒤뜰 양지바른 곳에서 나누어 주던 우유드럼통, 교장선생님의 사택 앞에 커다란 느티나무아래서 공기놀이하던 아이들, 고무공을 튕겨 치마뒷자락에 집어넣기 놀이를 하던 아이들이 눈에 어린다. 고무줄뛰기를 잘하던 그 애는 지금 무얼 하고 있을까. 나는 운동에는 젬병이었다. 청군 백군 나뉘어 힘차게 응원하던 운동회의 함성이 귀에 쟁쟁하고 달리기를 하여 난생 처음 3등상을 받았던 기억이 나서 웃음이 나온다.

웃음이 터지는 일이 또 있다. 3학년 자연시간에 선생님께서 '사람은 어디로 아기를 낳지?' 하시는 질문에 한동안 반 전체가 조용하였다. 서로 쑥스러워 대답을 못하고 있는데 남자애들하고 딱지치기하고 구슬치기도 잘하던 경자가 벌떡 일어서더니 '**요' 했다. 와아~~ 하고 함성을 지르며 교실 바닥을 데굴데굴 구르며 웃어대던 아이들, 선생님께서 얼굴이 발갛게 물들어 말씀을 못하시던 그때 그 시절을 우리 동창생들은 모두 기억하고 있었다.

그러나 아이들은 잊고 있겠지만 나는 잊을 수 없는 일이 있다. 반에서 이웃돕기를 했는데 그 대상으로 부모 없이 할아버지 할머니하고 사는 내가 뽑힌 것이다. 아이들은 연필 지우개 노트 그리고 돈까지 거두어서 내게 안겨주었다. 부끄럽기 한이 없었던 일이다.

어릴 때 부모나 선생님으로부터 들은 칭찬은 잠재하는 가능성을 이끌어낸다고 한다. 세 살 버릇 여든까지 간다는 속담이 있듯이 비록 뛰어나지는 못하지만 지금까지도 항상 음악과 책을 가까이 하는 생활을 하고 있으니 선생님들의 칭찬과 격려가 지금의 나를 만들어 냈으리라.

초등학교를 다녔던 학교를 무심히 찾았다가 놀랍게도 어린 시절의 나를 만나리라고는 상상도 못했다. 이 감동어린 순간들은 잊을 수 없는 또 하나의 추억이 될 것이다.

박영숙

ysuk441@hanmail.net

꽃제비를 키워요

별 목걸이

오두막집의 천사들

지금도 하늘을 올려다보면
무수한 별들은 제쳐두고
북두칠성을 찾는 것이 습관이 되었다.
할머니를 향한 그리움까지 보태진 탓일까
내 마음속에서 그 별은 눈이 펄펄 내리거나
장대비가 쏟아져도 반짝거린다.
사람과 별들 사이엔 보이지 않는
운명 줄이 매어 있다고도 한다.

꽃제비를 키워요

고향에서 부모님 모시고 농사를 지으며 살고 싶다던 그와, 마당에 꽃밭과 작은 연못을 만들어 연꽃을 피우고 싶은 그녀는 눈이 맞아 결혼을 했죠. 그러나 그에게는 항상 가슴에 품고 다니는 첫사랑[담배]와 슬플 때나 기쁠 때면 위로해주는 두 번째 사랑[술]이 있는 줄 그녀는 몰랐습니다. 그 또한 순박하게 배실배실 웃기만 했던 그녀가 기고만장한 자존심과 공주병으로 돌돌 말린 줄 몰랐습니다.

아침부터 부부싸움을 했어요. 남편이 현관문을 쾅 닫는 소리가 천둥을 치는 듯했죠. 싸움의 발단이 무엇인지 벌써 잊어버리고 그녀는 바가지가 깨지도록 잔소리를 퍼붓고 그는 늙은 호박이 주제도 모르고 발은 땅에 딛고 머리는 구름 속을 둥둥 떠다니고 있다며 정신 차리라 합니다. 멍하니 앉아있던 그녀는 어질러진 집과 밀린 설거지를 젖혀둔 채 시장으로 갔습니다.

두부를 부치고 고기를 재웁니다. 이바지 음식마냥 정갈하고 예쁘게 만들고 있습니다. 노랗게 지진 두부 위에 국화꽃잎과 허브잎으로 정성을 들여 수를 놓고 고기를 굽고 김밥을 말아 도시락을 만듭니다. 부서지고 탄 것들은 양푼에 담아 남편과 자식들 저녁반찬으로 밀쳐두고 콧노래를 흥얼거리며 애인을 만나러 갑니다. 약속을 하지 않아도 그는 항상 그곳에서 그녀를 기다리고 있습니다.

호박같이 못생긴 외모와 빈 지갑 그리고 음전해서 애인이 생길 거라곤 언감생심 생각도 못해 봤어요. 그런데 추석을 며칠 앞둔 초가을 저녁. 스산한 바람 탓인지 아님 정말 인연이었는지는 지금도 모릅니다. 선물 세트 작업을 하느라 온종일 땀을 흘리고 웃옷은 하얀 소금자국이 얼룩져 참으로 초라하고 심신은 지쳐 울고 싶은데 카바레에서 주스 주문이 왔습니다.

배달을 간 그곳은 별천지였어요. 진한 화장을 한 여인들은 쭉 찢어진 긴 치마사이에 쏙 내민 허연 다리로 남자를 유혹하며 음악에 맞춰 빙글빙글 돌고, 배나온 남자들은 눈동자를 굴리며 침을 흘리고 있었습니다. 그녀가 들고 간 주스는 춤추는 여자들이 상대 제비에게 술대용으로 사주는 오렌지음료였죠. 땀을 식히려고 에어컨 앞에 서서 무대를 보았죠. 여인들 속에서 긴 머리를 묶은 날렵한 몸매로 여인을 껴안고 춤추는 그를 보았습니다. 화려한 불빛 아래 그녀의 첫사랑과 남편을 섞어 빚어놓은 듯한 모습에 반한 그녀의 가슴은 콩닥거렸어요. 무대에서 내려온 그는 멋진 그라스에 얼음물을 담아 내게 건네주곤 집까지 바래달라며 내 차에 올라탔어요.

그에게서 나는 여인의 향과, 그녀에게서 풍기는 땀에 절어 쉰 냄새 때문에 머리가 지끈거려 창문을 활짝 열고 산속으로 달렸습니다. 우리는 숲속에 앉아 많은 이야기를 했죠. 그는 여자냄새가 지겨워 도망치고 싶다며 그녀가 풍기는 사람냄새가 싱그럽다고 합니다.

그래서 둘은 가슴 속에 손바닥만한 토담집을 지었죠. 천정은 별들이 반짝이고 벽은 바람이 막아줍니다. 그는 항상 집을 쓸고 닦으며 나를 기다립니다. 삶에 지쳐 쉬고 싶을 때 찾아가 그의 구릿빛 팔뚝을 베고 잠이 듭니다. 그의 선한 눈빛과 단정한 입매는 나만을 바라보고 내게만 말을 걸고 들어 줍니다. 우린 정답게 도시락을 먹으며 만화책을 읽고 마른 풀 위로 하얗게 쌓인 눈길을 걸으며 사랑을 속삭입니다. 둘이는 약속이라도 한 듯 현실얘기는 하지 않고 오로지 자연이 그리는 색깔만을 이야기하며 색칠하고 있습니다.

오늘 애인이 먹는 도시락은 진수성찬입니다. 지친 나의 삶이 부르는 넋두리는 그의 밥상이고 내가 흘린 눈물은 그가 마시는 술입니다. 오늘 남편과 나의 싸움은 그에게 달여 주는 보약입니다. 그동안 그는 과식을 했나봅니다. 이제 나의 꽃제비 애인은 너무 뚱뚱해 숨이 막힙니다. 작은 토담집은 풍선처럼 부풀어 금세

터질 것 같아요. 곁에 서있는 난 질식사 할지 몰라 겁도 나고 바람난 자신이 부끄러워 쩔쩔 매는 양심을 봅니다.

애인과 헤어지며 현실 속 남편과 애들이 있는 집으로 돌아옵니다. 버럭 소리를 지르는 남편의 눈 속에서 처음 만나 보았던 사랑의 불꽃을 봅니다. 오랜 세월 속에서도 변하지 않은 진심에 고마워하며 제발 오늘만은 남편의 부와 명예와 주먹이 아닌 가슴으로 애인을 날려 보내주길 빌어 봅니다. 지난 삶을 깨끗이 지워버리는 바람난 여자보다는 현모양처가 되어 과거의 삶까지 기억하며 끌어안고 싶으니까요. 퇴근한 남편은 화해의 손짓을 합니다. 못 이긴 척 받아들이며 애인에게 다음 생을 기약하며 잘 가라고 손을 흔들어 줍니다.

내 얘길 들어준 고마운 당신. 혹시 그대 가슴속에 키우는 제비를 만나보셨나요?

별 목걸이

내일이면 신혼여행 떠났던 애들이 돌아온다. 재래시장에 들러 질 좋은 두릅과 더덕을 사고 싱싱한 생선과 고기를 사서 장바구니에 담으니 제법 묵직해졌다. 장터를 나와 네거리의 보석상에 들러 며칠 전에 부탁했던 북두칠성 모양의 목걸이 두 개를 찾았다. 미리 주면 예물이 될까봐 오늘까지 미룬 것이다. 두 손에 들고 바라보니 할머니와 딸의 얼굴이 교차하여 떠오르며 가슴이 뭉클해 온다.

딸아이를 키우면서 사소한 문제들로 의견 충돌이 일고 언성을 높일 때마다 "너 닮은 딸 낳아서 키워봐라 그땐 내 마음 알 것이다". 라고 입버릇처럼 톡 쏠 때가 많았었다. 하지만 애들이 자라 성인이 되면서부터는 혹시 말이 불씨가 될까봐 노심초사 하며 언행에 각별히 신경을 썼다. 오죽하면 제발 부모를 닮지 말고 돌연

변이가 되었으면 하고 혼잣말을 하곤 했다.

정작 결혼 말이 오가면서 날 판박은 듯 닮아있는 딸을 보니 한숨이 나왔다. 개성이 톡톡 튀고 영악해서 제 밥그릇은 잘 챙길 줄 믿었는데 사랑만으로 엮은 외줄에 대롱대롱 매달려 있는 딸애의 모습은 젊은 날의 나였다. 결혼을 허락하고서도 착잡한 마음에 별을 찾았다.

도심의 뿌옇고 탁한 하늘에선 별을 볼 수가 없어 시골 본가로 갔다. 봄밤의 한기가 옷깃으로 스며들어 오솔거렸지만 와르르 쏟아질 것 같은 별무리 속에서 유난히 돋보이는 맑고 초롱초롱한 북두칠성을 찾았다. 그리고 할아버지 할머니께 도와달라고 애원했다.

이렇듯 밤하늘의 별을 찾는 것은 어린 시절 조부모 슬하에서 자란 내가 새할머니와 생이별을 앞두고 며칠간 패악질을 부릴 때였다. 할머니는 나를 마당 평상에 누이고는 늘 하던 대로 국자모양의 별을 찾았다. 할머니가 보고 싶을 때면 저 별을 보라고 했다. 할머니도 내가 보고프면 그 별을 보겠노라 약속하고선 다음 날 떠나갔고 나는 남의 집이 되어버린 안방에서 며칠간 패악질을 부리다가 부모님 곁으로 돌아왔다. 그 후 외롭거나 서글퍼질 때 무언가 결단을 내릴 때면 하늘을 올려다보고 별을 찾는 버릇이 생겼다. 그리고 돌아가신 조부모님께 얘기하듯 중얼거렸다.

북두칠성은 어린 내가 넓은 하늘에서 찾기도 쉬웠지만 성당을 다니시던 할머니의 묵주이기도 했다. 항상 북두칠성을 찾았고 감꽃 목걸이를 만들 때도 무명실에 달랑 일곱 개의 꽃만 꿰어 목에 걸게 했는데 어린마음에도 양이 차지 않았다. 기왕이면 실올이 보이지 않도록 감꽃으로 채워주면 하고 바랐지만 허사였다.

부평초처럼 떠돌아다니며 남의 처마 밑에서 밤을 지새운 날도 많았다던 할머니의 길고도 한많은 넋두리 속의 별은 내일의 길잡이고 슬픔 속에서 반짝이는 한 가닥 꿈은 아닐지.

오랜 세월이 지났지만 지금도 하늘을 올려다보면 무수한 별들은 제쳐두고 북두칠성을 찾는 것이 습관이 되었다. 할머니를 향한 그리움까지 보태진 탓일까 내 마음속에서 그별은 눈이 펄펄 내리거나 장대비가 쏟아져도 반짝거린다. 사람과 별들 사이엔 보이지 않는 운명 줄이 매어 있다고도 한다. 그래서 민간에서는 장독대위에 정화수를 떠놓고 자손들의 무병장수와 복을 빌지 않았던가. 이젠 할머니와 나의 북두칠성에게 자식들도 잘 봐달라고 비손 하고는 집으로 돌아와 목걸이를 맞추었던 것이다.

콩 심은데 콩 나고 팥 심은데 팥이 난다지만 겉껍질을 깨고 뿌리 내리려는 딸의 씨앗 속에서는 콩가루 팥가루가 아닌 나의 절실한 염원으로 더욱 반짝거리는 별가루가 가득 들었기를 목걸이를 든 양손바닥을 펼쳐 모아 빌어 본다.

다음날 여행에서 돌아온 애들은 피곤한 기색도 없고 생기발랄한 모습이 행복해 보인다. 저녁을 먹고 시댁으로 가는 그들의 목에 금으로 만든 별 목걸이를 걸어주고 나니 한결 마음이 놓인다.

오두막집의 천사들

빨갛고 단단한 뾰족 감[대봉시] 을 한 바구니 샀다. 몇해 전 중년을 넘어가는 나를 바라 본 순간 선홍빛 감이 새삼 고와 보여 감을 샀던 것이 시초였다.

어린 시절 집 근처나 밭두렁엔 감나무가 많았다. 학교를 오갈 때마다 아이들은 함께 어울려 감나무 밑에서 공깃돌 놀이를 하고 뚝뚝 떨어지는 홍시를 주워 먹으며 다녔다. 밤사이 비바람이 몰아친 아침 등굣길에는 풀섶에 감이 많이 떨어져 있었다. 그때는 바라보기만 해도 포만감이 들어 주울 생각도 없었던 감을 돈 주고 산다는 것이 한때는 어색했지만 세월이 흐를수록 내가 사들고 온 감에선 과일향기보다 고향 냄새가 났다.

우리집 뜰 안에는 감나무 세 그루가 있었다. 감나무주인은 옆집이지만 뿌리와 줄기는 경계를 뚫고 들어와 장독대를 깨트리고 고만고만한 칠남매의 놀이터가 되었다. 요즘 같으면 이웃 간의 상린 관계로 가지가 잘리고 뿌리를 캐내어 심을 생각도 못하지만 그 시절의 시골인심은 야박하지 않았기에 울타리에 서있는 감나무는 뿌리의 중간 부분은 땅밖에 나와 있었다.

전주에서 하숙생활을 하던 중학생 오빠는 여름방학이 되면 동생들과 감나무 뿌리등걸 위에 마루를 만들고 커다란 가지위에 작은 오두막을 지었다. 그때는 사내아이들의 연장 다루는 솜씨가 탁월해서 통나무를 황새낫으로 깎고 다듬어 팽이를 만들고 썰매를 만들어 타는 것쯤은 식은 죽 먹기였다. 다만 부엌칼날과 낫의 날을 톱니로 만들어 어른들께 혼나는 것만 걱정이 되었을 뿐이다.

오빠와 동생들은 산에 가서 나무를 잘라오고 헛간을 뒤져 송판이나 널빤지 등을 찾아내고 나뭇가지로 지지대를 만들어 칡넝쿨로 엮어갔다. 막둥이까지 가세한 오두막은 한 주일도 걸리지 않아 만들어졌다. 오빠는 짧은 방학을 끝내고 하숙집으로 돌아가고 돗자리를 깐 작은 마루는 어머니가 한낮에 더위를 피해 홀치기를 하시고 언니와 나의 쉼터가 되었다. 나무 윗동네서는 동생들의 오두막 쟁탈전이 벌어졌다.

동생들의 집을 지어주고 전주에 간 오빠는 책값과 용돈을 타러 토요일마다 집에 오는데 그때마다 어린동생들을 위해 사탕봉지나 과자를 사들고 왔다. 그후 동생들과 나도 타지 생활을 했을 때 용돈을 많이 타낼 궁리만 했다. 항상 빈손인 우리에게 어머니께

선 "오빠는 장남이라 그런지 뭔가 다르다"고 하셨다. 해가 거듭
될수록 오빠와 동생들의 오두막은 단단해졌다.

더위가 기승을 부릴 때 어머니는 감나무 그늘 아래 멍석을 펴
고 거풍을 시키려고 곡식을 펴널고 내가 손으로 고랑을 내며 놀
고 있을 때 거지들이 떼로 몰려 왔다. 우두머리는 정중하게 동냥
바가지를 내밀었다. 어린 나는 그들이 배부르게 먹을 수 있도록
푹푹 퍼주었다. 그날 저녁상머리에서 오빠가 "천사 같은 동생들
때문에 종교를 믿지 않아도 천당 극락을 공짜로 가겠네"라고 얘
기를 해 온 식구가 웃었다. 오빠의 눈엔 올망졸망한 동생들의 천
방지축인 행동이 작은 날개를 파닥거리는 천사처럼 귀여웠나 보
다.

그때부터일까. 우리는 오빠의 어깨 위에 얹힌 무거운 짐이 되
었다. 아버지의 경제적 무기력은 오빠와 언니의 발목에 족쇄가
되고 언니마저 결혼해 떠나버리자 온전히 오빠내외의 몫이 되었
다. 부모 형제와 식숙을 함께 하며 뒹굴어야 정이 돈독한데 유년
을 다른 환경에서 보낸 나는 오빠가 참 어려웠다.

올케언니를 처음 만났을 때, 모든 것을 공유한 형제들로부터
거리감을 느끼던 나는 동지를 만난 듯 반가웠다. 언니를 통해 오
빠와도 거리를 좁힐 수 있었다. 막둥이가 불혹을 넘긴 지금까지
크고 작은 난관에 부딪힐 때마다 우리들은 오빠부부에게 매달리
고 있다. 나 또한 버팀목이 되어준 오빠내외 덕분에 일어설 수 있
었다. 팍팍한 생활에 작은 마찰이 생길 때마다 나는 친정 집을 떠

올린다. 오빠의 동생답게 처신해야 한다는 생각이 든다.

지금 칠남매는 사방으로 흩어져 보금자리를 꾸미고 있다. 말은 없지만 가정과 사회에서 기 펴고 활개 치는 것은 우리 뒤에서 어머니를 모시고 굳건하게 버티고 있는 오빠내외를 의지함이리라. 어려서 오두막을 짓던 감나무는 고목이 되어 우리를 대신 새둥지를 품고 우뚝 서있었다. 작년 어머니를 뵙고 올 적에 배웅하던 오빠내외의 눈길을 지금도 잊을 수 없었다. 포근하고 애잔한 어머니의 눈길을 닮아 보였다.

그날 친정에서 돌아오는 길에 차창 밖으로 보이는 풍경을 보며 많은 생각을 했다. 오빠의 마음속에는 아직도 초로에 접어든 우리들이 천사로 보일까? 도움의 손길이 필요한 어려움에 처한 착한 사람들에게 천사는 나타난다. 그렇다면 우리들의 천사는 오빠였을까. 우리들도 선하게 살았는가.

파란 하늘에 색깔 고운 감잎을 주워 글씨를 써본다.

오빠 언니 고마워.

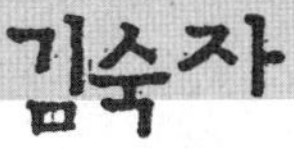

김숙자

ksg0821@yahoo.co.kr

강녀묘

드디어 책문에 들어서다

광화문에서 임진각을 지나 판문점에 닿을 때만 해도
개성이 그렇게 가까운 줄은 몰랐다.
장난처럼 그어놓은 분계선 앞에서 형식적인
입국심사를 마치고 북측으로 들어섰는데
놀랍게도 도라산역 승강장이었다.
경의선 시험운행을 위해 임시로 만들어졌는지
운행표도 없이 덜렁 역명만 새겨놓았다. 짝인 듯 마주한
우리 쪽 도라산역과는 달리 한껏 치장을 했음에도
그 쓸쓸함에 가슴이 아렸다.

강녀묘

요령성을 뒤로 하고 산해관山海關으로 향했다.

산해관은 만리장성의 시발지로 동으로는 발해만을, 북서쪽으로는 연산산맥을 바라보는 산과 바다 사이에 있는 관문이다. 이 관문은 요령성과 하북성의 경계에 있지만 행정상으로는 진황도秦皇島 산해관구에 속한다. 산해관구에는 '천하제일관天下第一關'이라 불리는 산해관을 중심으로 만리장성과 연관된 유적들이 산재한 곳이다. 우리는 산해관으로 들어서기에 앞서 관문밖에 위치한 강녀묘를 찾았다. 강녀묘는 800리 성벽을 눈물로 무너뜨렸다는 만리장성 축성공사에 얽힌 비극적인 여인 맹강녀의 신주를 모셔놓은 사당이다.

'산해관경구山海关景区 맹강녀묘孟姜女庙'라 새겨진 현판을 배경으로 한가로이 손님을 기다리는 낙타와 눈인사를 나누며 허름한 강녀묘로 들어섰다. 언덕으로 된 지형이라 입구부터 시작되는 계단을 얼마쯤 오르자 입구와는 달리 흰 대리석으로 조각된 맹강녀가 날아갈 듯 서 있었다. 21세기의 여인으로 현신해서인가. 현대 여인의 냄새가 물씬 풍기는 그녀를 뒤로 하고 몇 계단을 더 오르자 신주를 모셔놓은 사당이 나왔다.

열하일기에 수록된 '강녀묘기姜女廟記'를 보면 강녀는 섬서 사람으로 성은 허씨요 이름은 맹강인데 범칠랑范七郞에게 시집을 갔다. 마침 진나라 장수 몽염이 만리장성을 쌓기 시작하여 그의 남편이 부역으로 끌려가 육라산六螺山 아래서 죽었다. 맹강은 꿈에 남편의 죽은 모습을 보고 손수 옷을 지어 천리 길을 찾아다녔지만 찾지 못해 울다가 화석이 되었다는 것이다.

또 다른 이야기는 남편이 죽었다는 소문을 듣고 혼자 몸으로 찾아 헤매는데 갑자기 축성이 무너졌다. 무너진 축성 밑에는 많은 유골이 있었는데 그 중에 눈물을 흘리는 유골이 있더란다. 강녀는 울고 있는 유골이 남편임을 알아보고 그것을 수습하여 등에 지고는 바다로 들어갔는데 며칠 후 그 곳에서 바위가 솟아올랐다는 것이다.

그런데 뜰에 세워놓은 비석 세 개에 쓰인 기록이 제각기 다르고 이야기도 모두 황당하였다고 그 당시 연암은 말했다. 나 또한 연암처럼 황당함을 느끼며 전설을 읽어볼 요량으로 그 비석들을 찾았지만 허사였다. 대신 무덤 같이 음산한 동굴전시관으로 안내되었다.

옛날 강씨와 맹씨가 담장을 사이에 두고 이웃에 살았다. 어느 날 다리가 부러진 제비가 강씨 집으로 날아들어 치료를 해 보냈다. 이듬해 박씨를 물어와 담장에 심었는데 맹씨 집으로 뻗은 넝쿨에 박이 열렸다. 이에 두 집안이 모여 박을 탔더니 그 속에서 여자아이가 나왔다. 두 집안은 그 아이의 이름을 맹씨와 강씨 집안의 여자라는 뜻으로 맹강녀라 불렀다.

맹강녀는 어찌나 예쁘게 자라는지 모두들 탐을 냈다. 그 중에서도 고을을 관장하는 벼슬아치의 아들이 맹강녀에게 반해 청혼을 하지만 거절하고 범칠랑이라는 사내에게 시집을 간다. 이에 분노한 벼슬아치는 범칠랑을 멀리 만리장성을 쌓는 노역장으로 보낸다. 그런데 연암의 얘기와는 달리 느닷없이 진시황제가 등장한다. 맹강녀는 남편을 찾아 준다는 황제의 말에 황비가 되지만 약속은 지켜지지 않는다. 이에 분노한 그녀는 황제를 꾸짖으며 바다에 뛰어들고, 며칠 후 그 자리에 바위가 솟았다는 웃지 못할 내용이다.

‘맹강녀고사연구집’에 의하면 맹강녀의 전설은 좌전左傳에 수록된 ‘기량처곡성杞梁妻哭城’에서 유래되었다고 한다. ‘기량처곡성’은 춘추시대 초기 제나라 사람인 ‘기량杞梁’이가 전장에 나갔다가 전사하자 그 아내가 칠일 밤낮을 통곡하니 성벽이 무너지고 그 속에서 남편의 시신이 나왔다는 이야기다. 이 좌전은 북송시대를 지나면서 맹강녀곡성孟姜女哭城으로 변했고 또 많은 역사와 세월이 흐르면서 지방마다 조금씩 다른 내용의 전설로 구전되었다고 한다.

2000년 넘게 구전으로 내려왔다는 맹강녀의 전설은 한류의 물결을 탔는가. 우리네 흥부전과 열녀전, 심청전을 두루 섞어놓고 거기다 느닷없이 진시황제까지 등장시켜 나를 경악케 했다. 요즘 유행하는 복장처럼 두어 개만 겹쳤어도 나름대로 멋을 낼 수 있었을 텐데. 기나긴 세월동안 좋다는 것들을 하나씩 끌어들이다 보니 어느새 누더기를 걸친 꼴이 되어버렸는데도 맹강녀의 편집증은 쉬이 그칠 것 같지가 않다.

사당에 들어서자 황금 관을 쓴 맹강녀의 초상과 그 위로 '만고류방萬古流芳'이라는 커다란 편액이 걸려 있었다. 그 옛날 여암이 왔을 땐 '방류요해芳流遼海'라는 강희제의 친필 편액이 걸려 있었다고 했는데 꽃다운 이름을 만고에 남기고 싶어 편액까지 바꿨을까. 무슨 사정인지 모르지만 강희제의 진필을 감상할 수 없어 아쉬웠다.

사당 뒤에는 남편을 기다리다 화석이 되었다는 망부석과 정자가 있었다. 망부석에 올라 사랑을 언약하면 맺어진다하여 휴일이면 젊은 연인들이 특별히 찾는 곳이란다. 개방도 좋고 변화도 좋지만 한 많은 여인의 신주를 모셔놓은 사당을 앞에 두고 아무렇지도 않게 망부석을 밟고 사랑타령을 하다니 참으로 아이러니다. 사람들의 발길에 닳고 닳아 펑퍼짐하게 주저앉은 망부석을 차마 볼 수가 없어 서둘러 발길을 돌려 버렸다.

그 옛날 연암은 이곳을 둘러보면서 여러 번 황당함을 느꼈다

········ 아무도 모르는 시작

했고 연암보다 먼저 다녀간 홍대용도 그와 비슷한 말을 했다. 그런데도 그들은 무슨 영문인지 이곳에서 보고 느낀 것들을 꼼꼼히 글로 남겼다. 나 또한 가는 곳마다 혀를 차고 고개를 절레절레 흔들면서도 나도 모르게 새겨진 만리장성의 역사와 함께 민초들의 애환을 풀어놓고 싶었다.

드디어 책문에 들어서다

열하답사의 시작은 연암선생도 가지 않은 중국의 항구도시 대련에서부터 시작되었다.

200여 년 전 우리사절단이 한양을 출발하여 파주 문산을 지나 의주로 향했던 길을 두고, 이른 새벽부터 인천공항으로 우회하자니 괜스레 심통이 났다. 얼마 전 공교롭게도 버스를 타고 개성공단을 다녀온 터라 더욱 그러했다.

광화문에서 임진각을 지나 판문점에 닿을 때만 해도 개성이 그렇게 가까운 줄은 몰랐다. 장난처럼 그어놓은 분계선 앞에서 형식적인 입국심사를 마치고 북측으로 들어섰는데 놀랍게도 도라산역 승강장이었다. 경의선 시험운행을 위해 임시로 만들어졌는지 운행표도 없이 덜렁 역명만 새겨놓았다. 짝인 듯 마주한 우리 쪽 도라산역과는 달리 한껏 치장을 했음에도 그 쓸쓸함에 가슴이 아렸다.

철길 옆 비무장지대로 이어진 탄탄대로를 10분쯤 달렸을까. 벌써 개성공단이란다. 이 길을 따라 평양을 지나고 의주 통군정까지 내쳐 달려가 도강渡江을 기다리는 연암을 만날 순 없을까. 아니 도라산역에서 철마를 타고 압록강을 건너면 어떨까. 안되는 줄 알면서도 쉽게 분계선을 넘고 보니 욕심이 생겼다.

비릿한 바다냄새가 후각을 자극하는 도시 대련에 닿았건만 얼마 전에 보았던 개성에서 평양으로 이어지던 그 길에 대한 미련을 떨칠 수가 없었다. 미련 탓인가. 여행의 감흥도 없이 닭장처럼 즐비한 아파트촌을 지나 중산광장에 닿았다.

이 광장은 4통8달로 아픈 역사를 안고 있는 곳이다. 러시아에 이어 일본의 조차지租借地였음을 알리는 러시아와 일본풍의 건물들, 그리고 쉼 없이 들어서고 있는 현대건물들이 둥근 광장을 암울하게 둘러싸고 있었다. 교통수단 또한 다양했다. 중세에서나 봄직한 화려한 마차와 낡은 전차, 그리고 일명 톡톡이라 불리는 오토바위와 인력거를 합친 듯한 삼륜택시들이 이층버스와 앞서거니 뒤서거니 달리고 있었다.

복잡한 중산광장을 지나 성해공원이라고도 부르는 성해광장에 닿았다. 이곳은 몇 년 전 섬유엑스포를 개최했던 장소로 현대식 건물들이 위용을 자랑하고 있었다. 1997년에 영국으로부터 돌려받은 홍콩을 기념하기 위해 세워진 홍콩반환기념탑을 비롯하여 기념이 될만한 조각들을 군데군데 설치해 놓았다. 요령성 길라잡이의 말로는 아시아에서 제일 큰 광장이라는데 글쎄 가는 곳마다 제일을 외쳐대는 것이 중국의 특성인지라 믿음은 안가지만 제법 널찍한 광장이다.

건성건성 대련을 둘러보고 단동으로 향했다. 연암의 흔적이라도 있었다면 옛길을 더듬어가는 낭만을 누릴 텐데 몇 시간을 산과 언덕은 고사하고 들꽃조차 구경할 수 없는 고속도로를 달렸다. 참으로 심심한 중국이라 투덜대며 지루함과 주린 배를 달랬다. 뒷자리에 동석한 이선생도 변화 없는 풍경에 무료함을 느꼈던지 배낭에서 물병을 꺼내 건네며 구수한 입담으로 지루함을 달래주었다.

늦은 시각 단동에 도착했다. 단동은 압록강을 사이에 두고 북한 땅과 마주보는 도시다. 우리는 강 건너 의주가 훤히 보인다는 호텔에 여장을 풀었다. 압록강은 그 물빛이 청둥오리의 머리처럼 푸르러 압록鴨綠이라 했다는데 늦은 밤 호텔에서 내려다 본 강물은 칠흑 같았다. 강 건너 반딧불처럼 깜박거리는 저 곳이 의주란다. 조금만 일찍 도착했어도 유람선을 타고 그 근처까지 가 봤을 텐데 배를 주릴 만큼 서둘렀음에도 허사가 되고 말았다.

이튿날 아침, 의주 통군정이 건너다보이는 호산장성으로 향했다. 압록강을 따라 동북방향으로 5~6분쯤 달렸을까 폴짝 뛰면 건널 만큼의 거리에 이성계가 회군했다는 위화도가 보이고 곧이어 그 옛날, 호랑이를 잡기위해 그물을 군데군데 쳐 놓았다는 애하愛河를 지나니 그때서야 답사 길에 오른 일이 실감났다.

연암의 말로는 애하 근처에서 노숙을 할 때, 호랑이를 쫓기 위해 300여 명이 밤새 고함을 치며 보초를 섰다는데 내가 보기엔 믿기지 않는 지형이다. 강주변이 모두 평지고 성 부근만 산인데 그것도 해발 150m도 안 되는 야산인지라 승냥이도 없을 것 같았다. 어쩌면 호랑이 형상을 닮아 붙어진 호산이란 지명과 여름 날씨에 잡목과 수초가 밀림처럼 우거져 그리 대처한 것이 아닌가 싶었다.

호산장성에 올랐다. 이 성은 명나라 성곽이라는 설과 고구려 성곽이라는 두 설이 있는데 지난 몇 백 년 동안 완충지대였음은 누구도 부인할 수 없는 곳이다. 그런데 그 성곽을 중국은 몇 년 전부터 만리장성의 시발지로 둔갑시켜놓고 복원(?)하는 중이었다. 인민복을 입은 두 사람이 느릿느릿 계단을 쌓고 있는 곳을 지나 정상으로 향했다.

오를수록 사방이 훤해졌다. 압록강과 애하의 합수지점이 보이고 위화도를 비롯하여 크고 작은 섬들이 풍만한 강줄기를 실개천으로 가닥가닥 나눠 놓았다. 섬에는 농터와 몇 채의 집들이 보이고 그 뒤로 연립주택처럼 지어진 3층짜리 아파트도 보이는데 모두들 어디로 갔는지. 정상에 올라 망원경에 눈을 대고 강변을 살폈지만 주민들의 그림자는 끝내 찾지 못했다.

호산장성에서 내려와 구련성으로 향했다. 구련성은 책문과는 지척의 거리지만 방물이 도착하지 않아 연암 일행이 또 하루를 허비하며 노숙한 곳이다. 60년대 우리네 촌락과 비슷한 구련성에서 옛길을 따라 달리는 동안 연암이 입에 침이 마르도록 찬미한 붉은 벽돌들을 볼 수 있었다. 간간이 만나는 가옥은 물론이고 밭두렁까지도 붉은 벽돌로 쌓여 있었다.

멀리 바위산이 보이는 모롱이를 돌자 서너 채의 촌락이 나타나고 또 한 굽이를 돌자 철길 건널목이 나왔다. 건널목에 잠시 차를 멈추는가 싶더니 이내 일면산역에 닿았다. 옛날 책문의 자리가 건널목이었다는 설과 일면산역이라는 두 설이 있는데 각자 유추해 보라는 인솔 교수의 설명에 철길로 내려섰다. 주변을 살펴보니 건널목과 일면산역이 100m도 안되는 거리이고 그 사이가 공터라 딱히 어디라고 단정할 수가 없었다.

드디어 책문에 들어섰다. 압록강에서 70여리 떨어진 이곳을 옛날 우리 선조들은 책문柵門이라 하고 이곳 사람들은 가자문架子門 또는 변문邊門이라 불렀다. 지금까지도 '변문진'으로 불리는 이곳은 우리 선조들이 북경에 가려면 반드시 통과해야 하는 세 관문 중 그 첫 번째이다. 책문을 들어섰을 때 연암은 그 안의 화려함을 보고 주눅이 들고 질투가 나서 그만 돌아가고 싶었다고 했다. 그런데 그 옛날 화려함은 어디로 가고 모택동모자를 눌러쓴 후줄근한 노인이 철길 옆 붉은 벽돌 밭두렁에 멀거니 앉아 한낮의 무료함을 달래듯 우리 일행을 바라보고 있었다.

도라산역에서 책문인 이곳 일면산역까지 경의선 열차를 타면 한나절이나 걸릴까. 어느 시대나 관문에 들어서기까지는 어려움이 따르나 보다. 그 옛날 연암 일행이 책문을 지척에 두고 방물이 도착하지 않아 하루를 허비했듯이 우리 또한 첨단 세상에 살면서도 남북이 가로막혀 꼬박 하루를 돌고 돌아 이제야 책문에 들어섰다.

여성에세이 14인선

아무도 모르는 시작

1판 1쇄 인쇄 | 2007년 12월 15일
1판 1쇄 발행 | 2007년 12월 20일

지은이 | 송유순 외13인
발행인 | 이선우
펴낸곳 | 도서출판 선우미디어
등록 | 1997. 8. 7 제2-2416호
100-846 서울 중구 을지로3가 104-10
신성빌딩 403 ☎ 2272-3351, 3352 팩스 2272-5540,
sunwoome@hanmail.net
Printed in Korea ⓒ 2007. 송유순 외

값 10,000원

※ 잘못된 책은 바꿔 드립니다.
※ 저자와의 협의하에 인지 생략합니다.

ISBN 89-5658-170-0 03810